— Jonah, si tu ne veux pas en parler parce que tu travaillais dans le secteur de la technologie, je comprends. Mais ce ne serait vraiment pas…

— Ça n'a rien à voir avec ça, répondit Jonah, sa voix vibrant de frustration. Je…

Il se releva et se dirigea vers le bord de l'eau.

Merde. Adam se sentait mal. Il avait évoqué quelque chose dont Jonah n'avait clairement pas envie de parler. Même s'il voulait en savoir plus sur Jonah, sa dernière envie était de gâcher leur journée. Il se leva et posa une main hésitante sur l'épaule de l'autre homme. Il s'attendait presque à ce que Jonah s'emporte contre lui, mais au contraire, tout son corps se détendit sous sa main.

— Je suis désolé, dit Jonah.

— Toi ? Non, c'est ma faute. J'aurais dû comprendre que tu ne voulais pas m'en parler.

Jonah poussa un long soupir et secoua la tête.

— Ce n'est pas ce que tu crois.

— Je ne comprends pas.

— Ce n'est pas que je ne veux pas parler de moi-même, dit Jonah, la voix calme, même si Adam sentait une source de tension sous-jacente. C'est juste que je ne me souviens pas. Je ne me souviens de rien.

PARADIS PERDU

Shira Anthony

PARADIS PERDU

Shira Anthony

Publié par
DREAMSPINNER PRESS

5032 Capital Circle SW, Suite 2, PMB# 279, Tallahassee, FL 32305-7886 USA
www.dreamspinnerpress.com

Paradis perdu
Copyright de l'édition française © 2019 Dreamspinner Press.
Titre original : Forgotten Paradise
© 2017 Shira Anthony.
Première édition : avril 2017
Traduit de l'anglais par Marie A. Ambre.

Illustration de la couverture :
© 2017 Bree Archer.
http://www.breearcher.com
Les éléments de la couverture ne sont utilisés qu'à des fins d'illustration et toute personne qui y est représentée est un modèle

Édition e-book en français : 978-1-64405-379-9
Édition imprimée en français : 978-1-64405-380-5
Première édition française : avril 2019
v 1.0

Édité aux États-Unis d'Amérique.

SHIRA ANTHONY était une chanteuse d'opéra professionnelle pendant sa vie précédente, interprétant des rôles dans des opéras tels que Tosca, I Pagliacci et la Traviata, entre autres. Elle a renoncé à la télévision pour des soirées passées avec son ordinateur portable et elle ne part jamais nulle part sans une pile de romances M/M non lues dans sa Kindle. Vous pouvez l'entendre chanter « Vissi d'arte » de Tosca de Puccini en cliquant ici : Les chants de Shira.

Shira aime les fins « Et ils vécurent heureux » et n'écrit jamais d'histoire sans fin heureuse. Elle est contente d'écrire ce que sa muse lui dicte, qu'il s'agisse de fantasy, de science-fiction, de paranormal ou de romance contemporaine. Elle aime particulièrement écrire des séries parce qu'elle considère ses personnages comme de vieux amis et qu'elle aime les revoir même après que leurs histoires sont racontées.

Dans la vie réelle, Shira a chanté professionnellement pendant quatorze ans et elle travaille actuellement comme avocate dans le secteur public pour défendre les enfants. Elle est heureuse d'avoir décroché son deuxième emploi à plein temps, même si cela signifie qu'elle a rarement le temps de regarder la télévision ou d'aller au cinéma. Elle écrit sur ce qu'elle connaît et aime, que ce soit la musique et les musiciens, l'océan ou les endroits où elle a vécu ou voyagé. Elle a passé ses années de collège en France et essaie d'y revenir aussi souvent que possible.

Vous pouvez trouver Shira sur ;

Facebook : www.facebook.com/shira.anthony

Goodreads : www.goodreads.com/author/show/4641776.Shira_Anthony

Twitter : @WriterShira

Site Web : www.shiraanthony.com

Courriel : shiraanthony@hotmail.com

Par Shira Anthony

DREAMSPUN DESIRES
#2 – Mariage à tout prix
#32 – Paradis perdu

Publié par **DREAMSPINNER PRESS**
www.dreamspinner-fr.com

Pour les lecteurs de Dreamspun qui croient toujours au pouvoir de l'amour et aux fins les plus heureuses. Merci de m'avoir donné une place chaleureuse et douillette où je peux écrire les désirs de mon cœur.

Chapitre Un

ADAM Preston quitta ses tongs et plongea ses orteils dans le sable chaud de chaque côté de la chaise longue. Une serveuse vêtue d'un uniforme blanc et bleu vif lui sourit et posa une bière et un shot de rhum vieux sur la petite table sous la palapa [1] d'Adam. Les feuilles de palmier bruissaient dans la brise légère provenant de la mer et l'odeur du sel lui chatouillait le nez. Des vagues bordées d'écume s'écrasaient sur la plage, quelques mètres plus loin. Le paradis.

— Puis-je vous apporter autre chose, monsieur ?

— Non. Merci. C'est parfait.

— Très bien, dit la femme. Faites-moi signe si vous avez besoin d'un autre verre.

— Je le ferai. Merci.

---

1 Grand parasol fixe fait avec du chaume ou des feuilles de palmiers au lieu de toile.

Adam avala le rhum en une seule gorgée, reposa le verre à liqueur sur la table, puis il s'allongea et ferma les yeux.

Vingt-quatre heures auparavant, il s'était disputé au téléphone avec son frère, essayant de le convaincre encore une fois qu'accepter l'offre d'Entech, qui voulait acheter l'entreprise familiale, était une énorme erreur. Non que cela ait fonctionné. Roger s'était toujours opposé à ce qu'Adam soit à la tête de Prestco inc., même s'il avait voté à contrecœur avec le reste de la famille afin de permettre à son frère de succéder à son père cinq ans auparavant.

Cinq ans d'exploitation de Prestco signifiaient cinq années de travail pendant soixante heures et plus par semaine, mais Adam avait réussi à sauver ce qui restait de l'entreprise après la mort de son père.

Il n'avait pas voulu reprendre l'entreprise de fournitures électroniques; il voulait seulement poursuivre son pauvre rêve de coder et, peut-être, lancer un jour sa propre entreprise de logiciels. Il ne devrait pas se soucier de savoir si Entech les rachetait. Mais maintenant qu'Entech augmentait la pression, il se rendait compte qu'il ne voulait pas vendre. L'entreprise était devenue pour lui plus que ce que son père avait construit. Il n'accepterait pas de vendre. Il ne pouvait pas...

Laisse tomber. Tu es là pour te détendre, pas pour rejouer le même film jusqu'à ce que tu mémorises tous les dialogues.

Il ouvrit les yeux et observa la lente descente du soleil. Il inspira longuement plusieurs fois et voulut se libérer de la tension qui pesait fortement sur ses épaules. Sa sœur avait raison. Il avait besoin de ces vacances. D'une semaine de paix et de calme. D'un temps de réflexion.

Il termina sa bière et était sur le point de faire signe à une serveuse de lui en apporter une autre lorsqu'il se rendit compte qu'il avait oublié de se renseigner sur la possibilité d'une plongée le lendemain matin. Il était presque vingt heures, à peu près l'heure à laquelle le centre de plongée fermait d'après ce qu'on lui avait indiqué. La boisson pouvait attendre.

Chapitre Deux

JONAH suspendit les deux dernières combinaisons et lava les bacs de rinçage pendant qu'Henri lavait la cour. Des petits ruisseaux de sable et d'eau striaient le béton peint.

— Je peux finir, lui dit Henri.

— Merci, répondit-il en se dirigeant vers les bancs pour récupérer son gilet stabilisateur et son régulateur pendus à un crochet. Je te dois un verre.

— Heureusement qu'ils sont gratuits, sinon il faudrait faire un emprunt, répliqua Henri en riant.

— Rendez-vous chez *Giuseppe* dans une heure ? demanda Jonah en accrochant son équipement dans la salle des moniteurs.

— Pas ce soir. J'ai rendez-vous avec Viola, répondit Henri avant de s'arrêter un moment et faire un geste en direction du bureau. C'est notre anniversaire des six mois.

— Six mois ? Impressionnant. Donc, qu'as-tu prévu pour le dîner ?

— Des sushis, dit-il. Chez *Yumi*.

3

— Tu l'emmènes jusqu'à Punta Cana ? s'exclama Jonah en riant et claquant Henri dans le dos. Ça doit être de l'amour.

— Un homme fait ce qu'il fait, répliqua-t-il avec un clin d'œil. J'ai emprunté la voiture de Torey.

— Un homme doit faire ce qu'il a à faire ; le corrigea Jonah.

L'anglais d'Henri était incroyablement bon, alors il aimait le taquiner les rares fois où il faisait des erreurs.

— Et toi, alors ? demanda Henri avec un sourire en coin.

— Moi ?

Jonah savait où son ami voulait en venir, mais il n'allait pas mordre à l'hameçon.

— Tu es ici depuis quelques semaines maintenant. As-tu rencontré quelqu'un d'intéressant ?

— Si ça avait été le cas, je ne t'en aurais pas parlé, le taquina-t-il en secouant la tête.

— Bien. Qu'il en est ainsi.

— Qu'il en *soit*. Pas qu'il en est.

Henri se mit à rire et se dirigea vers le comptoir où Viola travaillait sur l'assignation des plongées du lendemain.

— Les clientes me trouvent plus sexy lorsque je me trompe.

— C'est ce que tu crois.

Jonah retira l'élastique de ses cheveux et passa la main dans ses boucles humides.

— Amuse-toi bien ce soir ! dit-il à Viola en lui faisant un signe de la main.

Il mit ses sandales et se dirigea vers les dortoirs du personnel. Il revenait avec une serviette lorsqu'il remarqua un homme debout au milieu de l'intersection de deux voies et se frottant l'arête du nez.

— Parfait, marmonna l'homme.

— Perdu ? demanda Jonah en se forçant à ne pas fixer des yeux les poils roux sur les pectoraux bien définis de l'autre homme.

— Est-ce si évident ? répliqua-t-il en regardant Jonah avec des yeux bruns et chauds.

— Cela arrive souvent, le rassura Jonah. Où allez-vous ?

— Au centre de plongée. Bien qu'il soit probablement fermé à présent ?

Il était Américain, de la Côte Est, à en juger par son accent. Un soupçon du New Jersey, mais policé, donc à peine perceptible.

4

— Il vous reste dix minutes, le rassura-t-il en jetant un coup d'œil à sa montre avant de montrer le chemin qu'il venait d'emprunter. C'est à une centaine de mètres par là. Vous ne pouvez pas le rater.

— Merci.

— Pas de problème, dit-il en lui adressant un sourire rassurant. J'ai eu besoin de quelques jours pour m'orienter, moi aussi.

— Ma mère me dit toujours que je serais capable de me perdre dans une cabine de douche.

— À ce point ? demanda Jonah en riant.

L'homme hocha la tête.

— Il y a pire comme endroit pour se perdre avec vous, lança malicieusement Jonah qui le regretta aussitôt.

Le corps mince de l'homme était beaucoup trop intéressant, surtout compte tenu de l'accord de non-fraternisation que Jonah avait signé lorsqu'il avait été engagé. Non pas que l'hôtel n'ait jamais viré quelqu'un pour avoir couché avec un client, mais il se sentait plus à l'aise en suivant la règle. Cela lui facilitait la vie. Le célibat était plus sûr. Flirter était carrément dangereux.

L'autre homme rougit. *Encore plus intéressant.*

— Est-ce que nous nous connaissons ? demanda l'homme en recouvrant rapidement son sang-froid.

Cette phrase, Jonah l'entendait souvent.

— Je suis sûr que je me souviendrais de vous, dit-il sincèrement.

Il ne rencontrait pas un roux tous les jours, encore moins, un aussi séduisant.

— Je me suis trompé, dit l'homme en lui tendant la main. Adam Preston.

— Enchanté, Adam, répondit Jonah en la serrant.

Poigne ferme. Confiant, mais pas trop.

— Moi, c'est Jonah. Jonah James.

— Je ferais mieux d'y aller, dit Adam. Nous nous reverrons peut-être.

— Je l'espère bien.

Il regarda Adam se diriger vers le centre de plongée. *Pas de fraternisation*, se rappela-t-il en soupirant. Il était peut-être temps de repenser au célibat.

Chapitre Trois

ADAM rentra finalement dans sa chambre, une demi-heure plus tard, après avoir quitté le centre de plongée et récupéré les tongs qu'il avait oubliées sur la plage. Il était sur le point d'ôter son maillot de bain lorsque son portable sonna.

— Adam ?

— Salut, Karen.

— Écoute, je suis désolée de te déranger pendant tes vacances…, dit sa sœur, l'air vraiment contrarié.

— Mais… ?

— Tu sais que je ne t'appellerais pas si je ne pensais pas que tu devais être mis au courant, répondit-elle.

— John Morgan d'Entech a appelé.

— Comment le sais-tu ?

— Il a d'abord appelé sur mon portable. Je l'ai ignoré.

— Tu as des couilles, Addy.

— J'en avais la dernière fois que j'ai vérifié, répondit-il en soupirant avant de s'allonger sur le lit, le téléphone coincé entre son épaule et son oreille.

— C'est vrai.

Les choses devaient être pires qu'il ne le pensait. Elle riait toujours de ses stupides réparties.

— Il a appelé maman aussi, dit-elle.

— Il a *quoi* ?

Il sauta du lit et se dirigea vers la fenêtre. Dehors, le soleil avait finalement disparu sous l'horizon, illuminant le ciel de teintes rouges et d'oranges brillantes.

— Il l'a appelée ce matin, visiblement. Elle lui a dit qu'elle ne souhaitait pas vendre ses actions, mais il l'a convaincue de convoquer une réunion avec nous tous.

Inspire profondément. Bien sûr, le serpent appelait sa mère, probablement parce qu'il pensait qu'elle était un fruit à portée de sa main. Entech aurait une chance de racheter Prestco avec ses actions et celles de Roger. Ce dernier avait déjà mis la pression sur leur mère ; maintenant, une personne extérieure s'en occupait.

— Quand ?

— Le 28.

On était le 31 janvier. Cela lui donnait un mois pour trouver comment contrer la stratégie d'Entech.

— Je prendrai l'avion pour les États-Unis demain et nous pourrons…

— Hors de question, bon sang.

— Mais…

— Il n'y a rien que tu puisses faire ici et qui ferait la moindre différence, répliqua-t-elle d'une voix dure. Je n'ai pas passé les deux derniers mois à essayer de te faire prendre des vacances afin que tu reviennes juste après ton atterrissage.

— Maman a déjà assez de mal avec Roger qui la pousse à vendre. Si je reviens, je pourrai…

— Tu auras encore trois semaines pour te préparer lorsque tu rentreras à la maison. En plus, j'ai convaincu maman de venir de Floride avant la réunion. Elle restera avec Kenny et moi à la maison. Elle arrive mardi. Je lui parlerai.

— Oh. Tu es douée, dit Adam en souriant.

— Merci.

Il pouvait presque voir le sourire de sa sœur.

— Comment as-tu fait ?

Sa mère ne se rendait presque jamais nulle part, encore moins jusqu'à la baie de San Francisco. Elle y retournait rarement depuis la mort de leur père. En fait, il ne se souvenait pas de la dernière fois qu'elle était venue lui rendre visite.

— J'ai mes méthodes.

— Crache le morceau, femme.

Elle préparait quelque chose et il voulait s'assurer qu'il n'y avait pas lieu de s'inquiéter.

— Je lui ai peut-être dit que j'avais besoin d'aide. Tu sais, dans la maison, avec Kenny qui voyage plus pour son travail et moi qui doit préparer les affaires pour le bébé et tout.

Le cerveau d'Adam se figea.

— Tu es… tu es…

— Nous attendons un bébé, dit-elle triomphalement. Qu'en penses-tu, *oncle* Addy ?

— Félicitations !

Ken et elle essayaient depuis près de cinq ans. Bien sûr, s'ils réussissaient à empêcher la société d'être avalée par les requins d'Entech, Adam devrait embaucher quelqu'un pour l'aider à gérer l'entreprise pendant que sa sœur serait en congé, mais c'était un problème qui ne le préoccupait pas.

— Merci. Nous sommes ravis.

— Garçon ou fille ? demanda-t-il.

— Nous ne voulons pas le savoir à l'avance, dit-elle. Kenny dit que c'est une fille. Je lui ai dit que c'était un garçon. Nous avons environ six mois avant de le découvrir.

— Je suis si content pour vous.

— Nous sommes heureux, nous aussi, répondit-elle en riant. Nous avions arrêté les traitements six mois avant environ. Je suppose que c'était le destin.

— Vous ferez de super parents.

— Je pense qu'il est temps que la vieille maison ait un peu de sang neuf. J'arriverai peut-être à convaincre maman de revenir.

— S'il y a bien quelqu'un qui le peut, c'est toi, affirma-t-il en souriant.

— Donc, je n'ai pas à m'inquiéter que tu te pointes à ma porte demain, d'accord ? Tu ne bouges pas de là ?

— Je te fais confiance pour éloigner maman de Morgan et de son équipe.

Sa sœur était une femme d'affaires rusée et elle garderait leur mère occupée. Merde, leur mère avait même dû sauter d'elle-même dans le prochain avion vers l'ouest.

— Heureuse de l'entendre, répliqua-t-elle en riant. Et si tu te présentes ici même une heure avant ton vol de retour…

— J'ai compris. Je resterai, tant que tu me tiendras au courant. Tu sais que je serai cent fois plus stressé si tu ne me dis pas ce qui se passe.

— Marché conclu. Maintenant, va t'amuser un peu pour changer, ajouta-t-elle. Nous avons besoin que tu sois lucide et prêt à botter les fesses d'Entech à ton retour.

— Je compte sur ton aide pour ça.

— Je n'ai pas abandonné la pratique du droit pour te laisser toute la partie amusante. Maintenant, va boire une boisson fruitée avec un parapluie ou un truc comme ça.

— Promis, lui dit-il.

Mais il avait le sentiment qu'il aurait besoin d'une boisson un peu plus forte.

Chapitre Quatre

VERS vingt-et-une heures, Jonah se dirigea vers le bar près du bureau principal. Il avait pris un sandwich sur le chemin en retournant dans sa chambre et avait fait la sieste pendant une heure. Le soleil s'était déjà couché et les lampadaires scintillaient comme des étoiles dans la cour et illuminaient les allées qui sillonnaient les jardins à la française et menaient à la piscine.

Il prit le long chemin contournant les bâtiments et traversa la zone où les flamants roses se promenaient dans des étangs remplis de nénuphars et de carpes koïs colorées. Il s'arrêta au bord de l'eau et piocha dans sa poche les morceaux de pain qu'il avait gardés de son dîner.

— Tu as encore faim, Larry ? demanda-t-il au plus grand des oiseaux qui s'était déplacé afin de vérifier le butin de la soirée.

L'oiseau s'approcha directement de lui et étira son long cou lorsque Jonah lui présenta la paume de sa main et lui offrit un peu de pain. Plusieurs oiseaux se joignirent bientôt à Larry afin de s'occuper rapidement des maigres restes.

— Il y en aura plus demain, promit Jonah en reculant pour éviter le bec de Larry.

L'oiseau se mit à crier et leva haut la tête comme s'il était offensé, puis il retourna vers les autres qui s'étaient retirés au centre de l'étang.

Le bar n'était pas bondé. Plutôt typique pour un jour de semaine après le début et la fin de la grande ruée des Fêtes. À cette époque de l'année, la majorité des clients étaient plus âgés et préféraient passer leur soirée au piano-bar et au karaoké. Il jeta un coup d'œil dans la salle. Quelques couples en lune de miel à en juger par la façon dont ils se regardaient dans les yeux comme si personne d'autre n'existait, et quelques groupes de retraités, surtout des femmes, qui sirotaient des boissons à base de fruits avec des petits parasols et gloussaient comme des adolescentes.

Jonah avait toujours aimé étudier les clients. On pouvait apprendre beaucoup de choses sur l'humanité en observant les yeux des gens ou leur façon de bouger. Bien sûr, il était utile d'entendre des bribes de conversation, mais ce n'était pas aussi important.

Son regard se posa sur un homme assis seul au bar. Il avait des cheveux roux qui bouclaient sur la nuque et portait une chemise dont il avait relevé les manches jusqu'aux coudes, un short cargo et des tongs en cuir bien usées. Adam. L'homme qui lui avait demandé son chemin pour le centre de plongée. L'homme *très séduisant* qui lui avait demandé son chemin pour le centre de plongée. L'homme qui le regardait maintenant avec intérêt.

L'homme qui est client de l'hôtel, se rappela-t-il.

Merde. Rien n'interdisait de boire avec des clients.

— Est-ce que je peux me joindre à vous ? demanda-t-il à Adam.

— Je...

Adam sourit quand il le reconnut, puis indiqua le tabouret de bar à sa gauche.

— Comment pourrais-je refuser cela à quelqu'un qui est venu si gentiment à mon secours, dit-il ensuite.

— Merci. Content de vous revoir, Adam.

Jonah s'assit et fit signe à la barmaid. Sa cuisse frôla celle d'Adam et il s'éloigna instinctivement de la chaleur du contact.

— Comme d'habitude, Dulcie, dit-il ensuite.

— Tout ce que vous voudrez, répondit-elle en souriant avant de sortir une bouteille de whisky single malt.

— Quel traitement royal, constata Adam en riant.

— Monsieur James est un parfait gentleman, dit-elle en riant.

— Dulcie… lança Jonah, sur un ton de mise en garde amusée.

Elle déposa leurs verres, fit un clin d'œil à Adam, puis partit s'occuper d'un autre client.

— On dirait que vous avez une sacrée réputation

— Apparemment, confirma Jonah.

Il attrapa son verre de whisky et le leva. Adam fit de même et lui offrit un sourire avant de boire.

— Dure journée au paradis ? demanda Jonah lorsque l'autre homme ne dit rien de plus.

Adam sourit avec nostalgie et fit tourbillonner le liquide dans son verre.

— Dure année. C'est pour ça que je suis là.

— C'est pour cela que la majorité des gens se retrouvent ici, rétorqua Jonah.

Puis il attendit. Quand les gens avaient besoin de parler, ils finissaient toujours par le faire.

Adam rit doucement et fit signe à Dulcie.

— Une autre bière.

— Bien sûr, répondit-elle avant d'attirer l'attention de Jonah et presser ses lèvres ensemble pendant qu'elle tendait sa boisson à Adam.

— Ce n'est rien d'important, dit ce dernier après avoir pris une longue gorgée de sa bouteille. Vous allez sans doute trouver ça ennuyeux à mourir.

Le léger tic d'un muscle sur la joue d'Adam disait à Jonah que le « rien » était énorme, du moins dans l'univers de l'autre homme.

— Dites toujours.

Adam le regarda. Les pattes-d'oie autour de ses yeux trahissaient son envie de le faire. Il avait besoin de parler à quelqu'un. *Une personne qui le comprend, mais qui n'a rien à gagner dans cette histoire.* Jonah ignorait pourquoi il en savait autant sur les gens. Il savait, voilà tout. Observer les gens, les analyser, c'était aussi facile que de respirer.

— Je dirige une entreprise familiale, dit Adam en fixant sa bouteille. Ordinateurs, composants, surtout. Je l'ai reprise lorsque mon père est décédé. Elle fonctionne plutôt bien.

— Vous vous êtes retiré du commerce des composants.

— Je… oui, répondit Adam en fixant Jonah. Comment le savez-vous ?

— Il n'y a pas d'argent à gagner avec les composants. Pas lorsqu'on peut acheter des machines sur mesure pour presque rien en ligne.

— J'ai suivi des cours de gestion ainsi que des cours de programmation et j'ai adoré ça. Je ne savais pas trop quoi faire après l'obtention de mon diplôme, alors j'ai fini par travailler pour mon père, expliqua-t-il. J'ai essayé de le convaincre de se diversifier. Je n'ai pas été très loin, mais il m'a laissé faire ce que je voulais. Les applications que j'ai créées ont plutôt bien fonctionné. J'ai même envisagé d'aller à l'université, mais lorsqu'il est mort...

La vie ne vous emmène pas toujours là où vous voulez aller. L'écho d'un souvenir remua dans les pensées de Jonah, puis disparut.

— Je suis désolé, dit-il simplement.

— Je ne m'attendais à rien, répondit Adam en haussant les épaules. Mais j'avais quelques idées.

— Quel genre d'idées ?

— Des trucs de geek, expliqua-t-il en faisant tourner sa bouteille avant de la prendre et de boire à nouveau. Des interfaces. Des programmes en arrière-plan. Ma sœur m'aide à diriger l'entreprise. Elle travaillait auparavant pour un cabinet d'avocats à Wall Street, spécialisé dans les brevets. Elle m'a convaincu de déposer les brevets de certains de mes programmes. Et, eh bien...

— Quelqu'un les veut.

Bien sûr que quelqu'un les voulait. Ce qui expliquait pourquoi Adam hésitait tant à se plaindre. Il avait sauvé à lui tout seul l'entreprise moribonde de son père, mais il se sentait coupable parce qu'il avait totalement changé l'orientation de l'entreprise. Jonah ressentait aussi une profonde fierté, derrière la culpabilité.

— Nous avons débuté petit. J'ai vendu une licence à Yellow Zinger. Il s'agit d'une entreprise de logiciels de taille moyenne qui se lance dans les applications. J'ai engagé un développeur pour m'aider.

Une licence dont certains gros poissons ont entendu parler. Maintenant, ils veulent la compagnie.

— Quelqu'un vous a offert beaucoup d'argent pour la société, mais vous ne voulez pas vendre.

— Comment avez-vous... ?

— C'est juste une supposition, répondit Jonah avec un sourire alors qu'il faisait signe à Dulcie pour avoir un autre verre.

— Travaillez-vous dans le domaine des technologies ?

— Non. Pourquoi cette question ?

C'était une question raisonnable, mais Jonah se sentit brusquement mal à l'aise, même un peu sur la défensive

— Je suis désolé, dit Adam, l'air vraiment contrit. Je ne voulais pas être indiscret. C'est juste que vous avez l'air de bien connaître ce secteur.

— Il n'y a pas de mal, assura Jonah.

Il se débarrassa du malaise qu'engendrait toujours le fait de parler du passé et se concentra une fois de plus sur l'autre homme.

— Combien de temps restez-vous ? demanda celui-ci.

Son changement stratégique de conversation rappela encore une fois à Jonah qu'il avait réagi de façon excessive. Au moins, il n'avait pas totalement effrayé Adam.

— À l'hôtel ? Tant qu'ils voudront de moi, répondit-il en riant.

— Merde, s'exclama Adam en secouant la tête, les sourcils froncés. Désolé. Je ne suis pas si bouché, d'habitude. Vous travaillez ici, n'est-ce pas ?

Jonah hocha la tête.

— Cela explique pourquoi vous connaissez aussi bien le coin.

— Pas besoin de vous excuser. Vous avez visiblement beaucoup de choses en tête.

Un silence gênant plana, mais Jonah l'ignora. Les silences étaient bons. Ils vous donnaient le temps d'analyser les faits. Un temps de réflexion.

— Je me suis juré de me détendre pendant ce voyage, dit Adam au bout d'un moment. Ça ne fait deux heures que je suis là et je suis déjà tout noué.

— Je connais la solution parfaite pour défaire ces nœuds.

Les joues d'Adam rougirent.

— Ce n'est pas ce que vous croyez, enchaîna Jonah rapidement, réalisant son erreur.

Il descendit de son tabouret et tendit la main à l'autre homme.

— Je veux juste vous montrer quelque chose.

— D'accord, accepta-t-il en prenant la main de Jonah.

Ce dernier se dit que son frisson était dû à l'air frais du soir. Adam rougit, mais il se reprit une fois de plus. Trop tard bien sûr, mais l'effet était charmant.

Ils marchèrent en silence. Jonah les conduisit sur le chemin qui longeait la propriété de l'hôtel. Il s'arrêta près de la clôture qui délimitait la frontière entre l'hôtel et les buissons épais et les arbres au-delà.

— J'aurai des ennuis si quelqu'un découvre que je vous ai emmené ici, dit Jonah en plaisantant à moitié.

Il s'en moquait, en vérité.

— Je ne dirais rien, assura Adam en lui pressant la main.

Face à ce geste chaleureux et engageant, Jonah dut lutter contre son désir d'en obtenir davantage.

Sa poitrine palpitait d'excitation, comme le battement des feuilles de palmier dans la brise au-dessus de l'eau. Il pointa un doigt vers un endroit à environ trente centimètres de là, derrière un palmier. Une brèche dans la clôture juste assez grande pour s'y faufiler.

— Par ici, indiqua-t-il.

Il conduisit Adam à travers les arbres, se détendant à chaque pas sur le chemin familier. Les branches devenaient plus épaisses et l'odeur du sel plus forte.

— Nous y sommes presque, dit Jonah en se penchant afin d'éviter plusieurs branches. Et… nous y voilà.

Chapitre Cinq

LA beauté de la plage à cet endroit coupa le souffle d'Adam. Les vagues rugissaient en frappant les falaises de corail et la lune presque pleine illuminait l'écume dans leur sillage. Des petits crabes glissaient autour et les embruns des vagues en dessous captaient la lumière et miroitaient en dansant dans les airs.

— C'est… c'est…

— Mon endroit préféré sur terre, dit Jonah.

Adam frissonna au son de sa voix, juste derrière lui. *J'ai trop bu*, se dit-il, sachant que c'était un mensonge. La vérité, c'était que cela faisait trop longtemps qu'il ne s'était pas permis de regarder un autre homme et encore moins un aussi attirant et fascinant que Jonah James.

La brise fraîche rafraichissait ses joues et soulevait les poils légèrement moites sur son cou. Il soupira et ferma un court instant les yeux permettant à la beauté d'envahir ses sens et de chasser toute pensée de son esprit.

— Merci, dit-il après un long moment.

Les mots semblaient être une reconnaissance dérisoire pour le cadeau que Jonah lui avait fait. Il n'aurait jamais trouvé cet endroit tout seul.

Ce dernier fit un geste vers le sol et ils s'assirent. Adam serra ses genoux contre lui et posa son menton sur eux.

— C'est paisible, dit Jonah, ses mots manquant de se perdre alors qu'une autre vague déferlait.

Au ton de Jonah, Adam se demanda si celui-ci avait sa propre agitation interne à calmer. Quelle étrange soirée ! Tout d'abord, à cause de cette manière qu'avait Jonah de percevoir… non, de… *comprendre*, tant de choses quant à ce qu'Adam ressentait. À cause de la manière dont Adam s'était lui-même ouvert à un homme qu'il venait de rencontrer et du fait que cela lui ait semblé si naturel. Et parce que Jonah avait découvert la vérité, mais ne l'avait pas forcé à en parler plus qu'il ne le souhaitait. Une soirée pleine de surprises.

Et le paradis. Il faillit rire à cette pensée, puis il décida qu'il ne discuterait pas cela. L'Éden était un fantasme, après tout.

— Oui, ça l'est.

Il fut surpris par l'émotion brute de sa voix.

Il se pencha vers l'autre homme sans réfléchir. Jonah hésita et Adam se demanda s'il avait mal lu les indices. Il se retourna pour regarder l'océan, mais la main de Jonah sur son menton l'arrêta. Ce dernier guida doucement le visage d'Adam vers le sien et ils s'embrassèrent. Doucement, au début, les lèvres se frôlant à peine, puis les dents cédèrent le passage.

Josh avait le goût tentant et dangereux de l'océan. Adam flotta sur la surface lisse du baiser avec la certitude qu'en un instant, il pourrait se noyer.

Un fantasme. Le paradis. Comme dans les romans d'amour que sa mère lisait. *Mieux que ça*. Il laissa ses pensées suivre chaque vague, chaque souffle.

— Tu te sens mieux ? demanda finalement Jonah à la fin du baiser.

— Oui. Il existe quelque chose dans l'océan qui m'aide à me détendre. Et cet endroit… Je ne connais pas un endroit plus parfait, répondit-il avec un soupir.

— J'ai passé presque chacune de mes journées libres à explorer le littoral lorsque je suis arrivé ici pour la première fois en provenance de Punta Cana. Parfois sur mon vélo, la plupart du temps à pied. J'ai trouvé cet endroit quelques mois plus tard et je n'ai jamais eu envie d'explorer à nouveau.

— Tu cherchais ça.

— Peut-être.

L'expression de Jonah changea presque imperceptiblement et Adam crut y voir une lueur de tristesse ou de regret.

— Comment as-tu atterri en République Dominicaine ?

— Un heureux accident, répondit Jonah avec un haussement d'épaules. Mais je n'ai jamais regretté d'être venu.

Quelle étrange réponse. Il y avait clairement plus dans l'histoire, mais Adam n'insista pas sur la question. Il espérait en apprendre davantage sur Jonah, mais il comprenait que tout ce qui se passait entre eux ne serait qu'une aventure de vacances.

— Où se trouve ton endroit zen ? demanda Jonah après un autre long silence.

— Je ne suis pas sûr d'en avoir encore trouvé un, bien que ma famille ait une maison à Napa où je séjourne souvent. Elle est proche d'un grand vignoble. La vue du patio arrière est étonnante à l'automne, lorsque les arbres commencent à changer de couleur. Je continue à menacer de déplacer l'entreprise là-bas.

— Tu n'y vis pas en permanence ?

— J'ai un appartement à San Francisco. C'est plus près des bureaux de Prestco dans la Silicon Valley, expliqua Adam. J'aime cette ville, ne te méprends pas, ajouta-t-il en souriant.

— Mais ce n'est pas pareil. La Silicon Valley n'est pas exactement l'endroit où je voudrais passer beaucoup de temps.

— As-tu travaillé là-bas ?

— Je n'en suis pas sûr, dit Jonah, paraissant momentanément perdu. Oui. Je suppose qu'on peut dire ça.

Une autre réponse étrange. Mais Adam n'avait pas l'impression que Jonah cherchait à tout garder pour lui.

— Alors, parle-moi de ta famille, enchaîna rapidement Jonah comme s'il avait réalisé l'étrangeté de la réponse qu'il venait de donner et qu'il essayait de changer de sujet.

— Je… bien sûr. Mais je n'ai pas grand-chose à dire. Je crois que je t'ai parlé de ma sœur, Karen.

— L'avocate en brevets, indiqua Jonah.

— Oui. J'ai un frère, Roger. Il est professeur de mathématiques dans un lycée à San José.

— Ta mère est toujours en vie ?

— Définitivement.

Jonah rit.

— C'est aussi une battante. Elle a beaucoup souffert de la mort de mon père. Plus durement que nous trois. Elle vit en Floride. Elle est partie là-bas six mois après le décès de mon père et elle revient rarement en Californie

Au moins, ils avaient réussi à garder la grande maison familiale à Napa, même si Karen et son mari étaient les seuls occupants réguliers pour l'instant.

— Ta sœur t'a encouragé à venir ici ?

Adam le fixa.

— Comment as-tu…

— C'est logique. Je me suis dit que tu n'étais pas vraiment du genre à prendre des vacances à en juger par les difficultés que tu as eues à te détendre. Surtout avec une tempête en préparation.

— Elle avait raison, admit Adam. J'en ai besoin. Une semaine ne fera pas une si grande différence.

— Tu te sens un peu moins nerveux, maintenant ?

— Je… oui, dit-il après avoir réfléchi à la question. Je suppose que cet endroit va y contribuer.

Le fait de parler à quelqu'un qui n'était pas un membre de la famille ne faisait pas de mal non plus. *Il est magnifique en plus*. Non qu'il puisse oublier ce fait particulier. Il l'imaginait déjà torse nu. Non, plus que torse nu.

Adam sentait que Jonah n'était pas disposé à parler de son histoire, il laissa donc ses propres questions sans réponse et en posa une qui, il l'espérait, serait moins personnelle.

— Alors, à quoi ressemble la vie au paradis ?

— À rien de très excitant, répondit Jonah, le clair de lune illuminant son visage souriant. Se lever, déjeuner, travailler, dîner, dormir et recommencer.

— Tu ne rends pas cela très attrayant.

— Si tu regardes les choses ainsi, ça ne l'est pas, affirma Jonah, dont le visage affichait une expression lointaine comme s'il voyait quelque chose au-delà du ciel et de la lune. Mais c'est pour ça que c'est parfait. Pas de stress. Personne ne te demande quelque chose que tu ne veux pas faire. Tu fais ton boulot et quand tu sors, c'est fini.

— Je suppose que oui, si c'est ce qui te rend heureux.

Adam était presque sûr qu'il ne serait pas heureux ainsi, malgré le stress de sa propre vie. C'était peut-être plus simple d'être seul, mais il adorait passer du temps avec Karen et Ken à la maison. Et peut-être qu'avec un futur petit-fils ou une future petite-fille, sa mère pourrait être prête à venir plus souvent. L'idée d'être un oncle le fit sourire.

— Nous devrions y retourner, dit Jonah en se levant et en tendant la main à Adam.

Après qu'il l'eut aidé à se lever, ils se tinrent debout sous le clair de lune, assez près pour se toucher. Mais Jonah ne se pencha pas.

— Merci d'avoir partagé cet endroit avec moi, dit Adam, en se demandant s'il n'avait pas mis l'autre homme mal à l'aise en lui parlant d'être seul et de souhaiter qu'ils puissent rester plus longtemps.

Si seulement, il avait le courage d'embrasser Jonah à nouveau.

Chapitre Six

JONAH laissa Adam à l'entrée de son immeuble et se dirigea vers sa propre chambre. Sa tête avait commencé à le faire souffrir alors qu'ils étaient assis à regarder l'eau et il se massa l'arête du nez.

Une fois chez lui, il prit de l'aspirine et une douche chaude. L'eau était bonne et il se détendit finalement assez pour penser à la soirée passée avec Adam. Il s'était servi de la politique de non-fraternisation comme d'une excuse facile pour échapper aux situations embarrassantes auparavant. Cependant, il en avait voulu plus, cette fois.

Alors, pourquoi étais-tu aussi pressé de revenir ici ?

Il se glissa dans son lit sans trouver aucune réponse. À la place, il prit le livre qu'il avait laissé sur la table de nuit, une nouvelle biographie de Friedrich Nietzsche qu'il avait trouvée dans la bibliothèque de l'hôtel. Un sujet intéressant, mais un style d'écriture aussi sec que le Sahara. Le livre avait clairement été laissé par un client qui en avait lu deux chapitres et l'avait abandonné. Il se rendit compte dix minutes plus tard qu'il avait relu

21

le même paragraphe une demi-douzaine de fois, et ce, après n'avoir réussi qu'à lire deux pages du livre.

Il se massa une nouvelle fois l'arête du nez. Son mal de tête n'était pas guéri. Il posa le livre, reposa sa tête sur l'oreiller et essaya de vider son esprit.

La conversation avec Adam l'avait secoué. La question de l'autre homme sur la raison pour laquelle il en savait autant sur l'industrie de la technologie ne cessait de revenir. *Un reflux cérébral*. Il rit tout haut, mais il n'arrivait toujours pas à oublier cette idée. Peut-être que s'il lisait un peu plus, il pourrait penser à autre chose.

Il récupéra le livre et eut un puissant sentiment de déjà-vu.

— *Je sais. Je sais, s'excusa-t-il en jetant un coup d'œil au livre. J'ai promis que nous passerions en revue la doc pour l'interro de demain. C'est ma faute.*

— *Si j'échoue, c'est totalement de ta faute, confirma Phil en lui tendant une bière.*

— *Merci, dit-il en ouvrant la canette et prenant une longue gorgée. Tu as réfléchi à ce que je t'ai dit ?*

— *Ta grande idée ? dit Phil en riant. Oui.*

— *Et ?*

Il essaya de faire comme s'il s'en moquait, mais il savait que Phil n'était pas dupe. Plus ils avaient discuté de l'idée de créer une communauté en ligne, plus il était convaincu qu'il devait faire quelque chose maintenant, ou quelqu'un le ferait en premier.

— *Je ne suis pas trop chargé le semestre prochain. Je devrais pouvoir t'aider avec le code.*

— *Tu es le meilleur, mec, s'écria Jonah en aspirant plus de bière. Je te suis redevable.*

— *Je m'assurerai d'avoir le meilleur parachute doré qui soit, dit Phil en souriant. Je passerai le reste de ma vie à manger du caviar au lit.*

— *Il vaudrait mieux étudier d'abord, dit Jonah en lui lançant un carnet à spirale avant de se mettre à rire.*

Jonah revint à lui pour se rendre compte qu'il était en sueur malgré l'air conditionné. Ses mains tremblèrent lorsqu'il posa son livre sur les couvertures. Il se sentait mal à l'aise et sa tête battait comme un marteau-piqueur.

— Merde.

Qu'est-ce que c'était ? Un souvenir ? Il n'avait jamais rien vu d'aussi frappant auparavant, seulement des échos flous de mots et de visages enveloppés d'ombre. À ce rythme, il aurait besoin de plus que quelques aspirines. Il aurait besoin d'un satané psy.

Tu ne penses pas qu'il y a quelque chose qui cloche chez quelqu'un qui ne se souvient de rien avant de se réveiller sur une plage ?

Il se leva, dévissa le bouchon d'une bouteille de tequila presque vide et en avala une gorgée sans se donner la peine de prendre un verre. Il envisagea un instant d'en prendre une seconde, mais reposa finalement la bouteille. Il l'avait achetée la semaine précédente en se disant qu'il en avait besoin parce qu'il était insomniaque, mais il s'était menti à lui-même. Il avait besoin d'alcool parce qu'il ne voulait pas se souvenir.

JONAH se réveilla au son des oiseaux devant sa fenêtre et jeta un coup d'œil à son réveil sur la table de nuit. Cinq heures du matin. Il était trop tôt pour faire autre chose que se retourner et essayer de dormir encore quarante-cinq minutes.

Il ferma les yeux une fois de plus, le vague souvenir d'un rêve agréable s'attardant un instant avant de s'estomper dans son subconscient.

Il mit de côté le sentiment de malaise que le rêve lui avait laissé et se détendit. Les rêves étaient des distractions. Le refuge d'un esprit indiscipliné. Il n'avait pas besoin de laisser vagabonder des pensées. Sa vie était simple et il était heureux ainsi.

Chapitre Sept

LE chant insistant d'un oiseau réveilla Adam le lendemain matin. Il sortit du lit et se dirigea vers la fenêtre. À l'extérieur, le soleil s'était déjà levé sur le terrain parfaitement entretenu. Il ouvrit les portes du petit balcon surplombant l'espace et inhala l'odeur de l'océan.

Un matin parfait. À une exception près : il ne s'attendait pas à dormir seul. Lorsqu'ils s'étaient embrassés, il pensait que Jonah le désirait aussi. Mais l'autre homme l'avait ramené à sa chambre, lui avait serré la main et avait seulement dit « Dors bien » avant de s'en aller.

Le fantasme n'était apparemment qu'un fantasme. *Le sien.* C'était probablement pour le mieux. Il avait trop de problèmes pour se concentrer sur une relation, même temporaire.

Il vérifia s'il avait des SMS sur son téléphone, mais n'en trouva aucun. Sa sœur lui avait adressé un court e-mail rassurant.

Maman arrive demain. J'ai la situation en main.
Tu sais que je t'appellerai si j'ai besoin de toi, mais pour
l'instant, tu ferais mieux de t'amuser. Nous aurons besoin
que tu sois affûté pour la réunion avec Entech.
Je t'aime.
K.

Karen avait raison. Il devait se préparer pour la réunion de la fin du mois et s'inquiéter de ce qu'il ne pouvait pas contrôler, n'aiderait pas. Il travaillait toujours mieux lorsqu'il avait de l'espace pour respirer. Il tournait à vide depuis la mort de son père. Ces vacances, c'était pour se ressourcer.

Il prit un petit-déjeuner léger après sa douche et se rendit au centre de plongée. Il se souvint de prendre une carte cette fois et réussit à arriver sans avoir à demander son chemin. *Petites victoires.*

— Bonjour, monsieur Preston, dit la femme derrière le bureau alors qu'il entrait dans le patio en béton.

— Ravi de vous revoir, Viola.

— Votre matériel de location est dans une caisse près des bancs, expliqua-t-elle en pointant du doigt les longs bancs en béton. Vous trouverez votre numéro de casier sur le tableau ainsi que votre groupe de plongée. Assurez-vous que votre jauge est en pieds et en PSI. La plupart sont en mètres et en bars. Nous avons beaucoup de plongeurs européens ici.

Il jeta un coup d'œil aux tableaux blancs sur le côté du bâtiment.

— Compris.

— Nous n'avons que deux groupes ce matin, poursuivit-elle. Trois débutants dans le premier. Vous serez dans l'autre avec votre propre instructeur.

— Juste moi ?

Il avait toujours préféré plonger en petit groupe, et il n'y avait pas plus petit qu'un groupe de deux.

— Vous plongerez sur le *Sylvie Marie*. C'est une épave à dix minutes d'ici. Votre instructeur vous donnera tous les détails et vous expliquera le plan de plongée une fois que vous serez prêt. Vous devrez porter votre ceinture de plombs et vos palmes jusqu'au bateau, expliqua-t-elle en souriant. Amusez-vous bien.

— Je suis sûr que ce sera le cas, dit-il en souriant.

Il se dirigea vers les tableaux blancs et trouva son nom, puis il trouva la caisse avec son équipement. Il avait déjà pensé à acheter le sien plutôt qu'à le louer, mais même s'il plongeait souvent – peu de personnes avaient la même définition de « souvent » que lui – cela n'avait pas d'intérêt. L'équipement serait obsolète d'ici à ce qu'il plonge à nouveau. Un jour peut-être, lorsque ce serait moins stressant au bureau.

Un autre fantasme.

Il enleva son tee-shirt et enfila la combinaison de plongée sur son maillot de bain. Ce n'était pas aussi difficile dans l'air frais du matin que dans la chaleur de l'après-midi. Mettre une combinaison de plongée lorsqu'il faisait chaud et qu'on transpirait était comme farcir une saucisse. Mais même s'ils plongeaient en eaux chaudes, le néoprène était agréable.

— Tu peux le laisser autour de la taille si tu veux, dit une voix très familière derrière lui.

Adam se retourna pour voir Jonah debout à quelques mètres de là, vêtu d'une combinaison de plongée, les manches pendantes à sa taille. À la lumière du soleil matinal, l'homme ressemblait à un surfeur avec ses cheveux décolorés attachés en queue de cheval haute et des mèches bouclées encadrant son visage jeune. Et ces yeux ! Bleu vif, presque la couleur de la mer des Caraïbes lorsque la lumière se reflétait dans le sable blanc en dessous. Malgré lui, Adam suivit la ligne de la mâchoire de Jonah vers le bas, jusqu'à sa poitrine nue et plus bas, son regard se posant finalement à sa taille, là où son corps se rétrécissait, à la limite du néoprène.

— Jonah. Content de te voir.

Quand Jonah sourit, des rides se creusèrent autour de ses yeux.

— Je plonge avec toi aujourd'hui, annonça-t-il.

— Je… super. Je ne savais que tu étais moniteur de plongée ici.

— Instructeur, corrigea Jonah en souriant.

— Oh, désolé.

Les instructeurs de plongée étaient plus formés et surclassaient les moniteurs de plongée.

— Pas de problème. Tant que je plonge régulièrement, je suis heureux, affirma Jonah, ses yeux s'illuminant d'orgueil malgré cette affirmation. Prêt pour le briefing ?

— Je suis prêt.

ILS descendirent sur l'épave à l'aide d'une longue corde attachée à une bouée en surface. Les rayons du soleil pénétraient sous la surface sous forme de bandes jusqu'à près de six mètres de profondeur, mais à mesure qu'ils se rapprochaient de l'épave, la couleur de l'eau passa du vert clair à un vert profond.

Jonah rejoignit Adam en bas, à environ trois mètres de l'épave. Adam leva rapidement le pouce afin de confirmer que tout son équipement était en état de marche, puis il suivit l'autre homme vers le squelette de ce qui était autrefois un ferry.

— Ce n'est pas une grosse épave, mais les poissons sont incroyables, lui avait dit Jonah alors qu'ils préparaient leur équipement à bord. Si tu regardes attentivement, tu verras de petits crustacés à la surface du métal.

Adam regarda Jonah atteindre la rambarde supérieure du navire et passer doucement un doigt ganté sur la surface. De minuscules créatures disparaissaient à l'intérieur des coquillages, semblables à des personnages de dessins animés dans leurs mouvements. Jonah se retourna et leva le pouce dans sa direction. Adam hocha la tête et lui retourna le geste. De là, ils suivirent le pont supérieur jusqu'à la proue. Là, le tablier métallique était encore intact. De petits coraux s'étaient déjà fixés sur la surface et les poissons nageaient à l'intérieur et autour d'eux. Jonah désigna un énorme ange de mer et son mélange coloré de jaune, de bleu et de vert avec une tâche sur sa tête rappelant une couronne. Plusieurs poissons-papillon noir et blanc fonçaient dans et hors des trous dans le pont et beaucoup de poissons-demoiselles colorés bien plus petits créaient une toile de fond arc-en-ciel.

Cela faisait trop longtemps qu'il n'était pas allé dans l'eau ! Le bruit des crevettes microscopiques ressemblait à des bulles éclatant dans une coupe de champagne. Tout était tellement agréable, de l'eau fraîche contre ses joues à la façon dont elle semblait drainer la tension hors de son corps. Il en aurait gémi de plaisir, sans le détendeur dans sa bouche.

Adam croisa le regard interrogateur de Jonah et il leva le pouce, puis pointa du doigt le grand trou à l'arrière du navire où se trouvaient autrefois les moteurs. Jonah hocha la tête et ils descendirent.

La coque du bateau avait été arrachée et du sable blanc lisse était visible en dessous. Une murène verte sortit d'un récif de corail, les observa, puis se retira dans sa tanière, après avoir, peut-être, décidé qu'ils étaient des ennemis et non des amis.

Ils firent à nouveau le tour de l'épave, suivant un banc de poissons de couleurs vives qui entraient et sortaient par les grandes ouvertures. Au moment où ils revinrent à leur point de départ, une rapide vérification de son ordinateur de plongée lui révéla que leur plongée durait déjà depuis vingt minutes. Jonah leva son manomètre et le tapota. Adam jeta un coup d'œil à sa jauge et signala qu'il lui restait 1500 PSI. Jonah lui fit le signe pour OK puis, il nagea jusqu'à l'un des murs et fit signe à Adam de le rejoindre. Il tendit la main, la paume vers le haut. Une délicate crevette se déplaçait lentement, remontant jusqu'à son poignet et son bras. Jonah la déplaça lentement sur son autre main, puis offrit la frêle créature à Adam. La crevette marcha sur la paume de celui-ci, chatouillant sa peau et se dirigea vers ses doigts. Il rapprocha ses doigts de la coque et la crevette monta sur l'épave et continua sa route. Jonah hocha la tête et lui sourit, puis il lui fit signe de le suivre.

Ils remontèrent trop tôt sur le bateau de plongée au goût d'Adam, qui dépressurisa sa bouteille et commença à démonter son équipement.

— Comment as-tu trouvé le Nitrox ? demanda Jonah alors que le bateau commençait à naviguer.

— Je n'ai pas remarqué la différence, admit Adam.

— C'est normal. Même si des gens m'ont dit qu'ils se sentaient mieux après avoir plongé avec, répondit-il en haussant les épaules. C'est un meilleur choix aux États-Unis, parce que nous faisons des plongées consécutives. Des temps de plongée plus longs, des intervalles en surface plus courts. Je ne suis pas sûr que ce soit très important ici, d'autant plus que nous plongeons sur un horaire européen avec une longue pause pour le déjeuner entre les deux.

— Cela reste à prouver, dit Adam en riant. Bien que j'aie toujours faim après la plongée alors, un déjeuner, ça me tente.

Ils revinrent au quai quelques minutes plus tard. Presque tous les transats étaient occupés et le soleil brillait haut dans le ciel.

— Tu pourras laisser ton matériel dans la caisse pour cet après-midi lorsque tu auras fini de le rincer, dit Jonah en pointant du doigt un des bacs remplis d'eau. N'hésite pas à accrocher ta combinaison.

Lorsqu'Adam eut fini de tout rincer à l'eau douce, Jonah n'était plus là. Il fit signe à Viola et emprunta le chemin en direction de l'endroit où il espérait trouver un restaurant servant le déjeuner. C'était Karen qui lui avait suggéré l'hôtel en all-inclusive et il décida qu'il appréciait de ne pas avoir à s'inquiéter de l'endroit où manger. La nourriture était délicieuse jusqu'à présent. Il n'avait pas demandé à sa sœur le montant qu'elle avait débité sur sa carte de crédit lorsqu'elle avait réservé le voyage, mais il se doutait que l'endroit n'était pas bon marché.

Il pouvait se le permettre. Leur récent contrat avec Yellow Zinger avait été lucratif. Au début, il avait hésité à inclure son propre travail de programmation dans l'accord, mais Karen et lui avaient rencontré les propriétaires et il avait été impressionné par leur sens des affaires ainsi que par leur souci du détail. Ils pouvaient faire ce que Prestco inc. ne pouvait pas faire : atteindre un marché plus vaste pour les programmes informatiques et les applications d'Adam.

Mais le fait d'avoir mis en avant son nom et son travail avait attiré Entech. Il savait qu'ils ne voulaient Prestco que pour son travail à lui. Il avait déjà clairement indiqué qu'il n'était pas intéressé par le travail en freelance lorsqu'ils avaient lancé l'offre d'achat de la société. Il aimait son travail, il aimait travailler avec sa sœur et il était heureux de savoir qu'il avait sauvé l'entreprise de son père de la faillite. Il avait donné un filet de sécurité à sa mère et à sa famille, ce dont ils avaient besoin. Il avait même réussi à trouver de nouveaux emplois dans une usine d'embouteillage de vin à quelques kilomètres des bureaux de l'entreprise Prestco pour les trois employés qu'il n'avait pas pu garder après la transition vers les logiciels.

Adam s'arrêta et regarda autour de lui. Distrait par ses pensées sur Prestco, il ne savait plus où il se trouvait. Il était sûr que le restaurant devait être juste en face de lui, mais une douzaine d'enfants criaient et se poursuivaient sur un petit terrain de jeux avec des structures d'escalade aux couleurs vives à la place.

— Merde.

— Encore perdu ?

— C'est une bonne chose que tu sois là pour me sauver, répondit Adam en secouant la tête, dégoûté.

— Tu n'avais pas l'air d'avoir de problèmes pour naviguer sous l'eau, souligna Jonah en posant doucement sa main sur l'épaule d'Adam et l'incitant à prendre un chemin qui contournait le terrain de jeu.

— Je ne peux pas l'expliquer.

Parler lui permettait d'ignorer plus facilement la sensation de chaleur engendrée par le contact de l'autre homme.

— J'étais peut-être un poisson dans ma vie précédente, reprit-il.

— Mieux vaut un dauphin qu'un poisson, répliqua Jonah alors qu'ils apercevaient le restaurant. Au moins, ce sont des mammifères. Ils ont le sang chaud et sont beaucoup plus intelligents.

— Tu viens déjeuner avec moi ? demanda Adam.

— Pas aujourd'hui. Je suis chargé de la piscine.

— La piscine ?

— Nous installons le matériel et offrons des cours de plongée gratuits, expliqua-t-il. Si les clients aiment, ils s'inscrivent pour une plongée en eau libre.

— Compris. Alors, tu ne plongeras pas cet après-midi ?

— Je suis affecté à un groupe de débutants. Ils te mettront probablement avec Henri à la place.

— Oh, d'accord, s'exclama Adam, espérant que sa déception n'était pas visible.

L'instructeur de plongée devait recevoir tant de propositions.

— Demain ?

— Pour le déjeuner ? répliqua Adam, pris par surprise.

— Je parlais de plonger ensemble, répondit Jonah en riant. Mais le déjeuner semble bien aussi. Je ne suis de service de piscine qu'une fois par semaine.

— Ça me paraît bien. La plongée *et* le déjeuner.

— Bien. Tu crois pouvoir trouver ton chemin jusqu'au restaurant maintenant ? ajouta-t-il en souriant.

— Il est juste devant moi. Même moi je ne manque pas *autant* de sens de l'orientation.

— Je voulais juste m'en assurer, dit Jonah avec un clin d'œil.

Puis il lui fit un signe de la main et disparut par un autre chemin.

Adam soupira. Il devait vraiment apprendre à s'y retrouver. D'un autre côté, il aimait être sauvé par Jonah. Alors, il n'y avait peut-être pas d'urgence.

Chapitre Huit

APRÈS avoir plongé dans l'après-midi avec un groupe de trois débutants qui s'égarèrent plusieurs fois et bavardèrent en français une fois qu'ils furent tous remontés à bord du bateau, Jonah avait été ravi d'être à nouveau associé avec Adam, le lendemain matin. Un couple britannique plongea avec eux, mais comme Adam était seul, Jonah s'associa avec lui.

— Prêt à déjeuner ? demanda Jonah après qu'Adam eut rincé sa combinaison de plongée.

— J'étais déjà prêt sur le bateau il y a une demi-heure lorsque mon estomac s'est mis à gronder, répondit-il en accrochant la combinaison avant de suivre Jonah jusqu'au restaurant près de la plage.

— Alors, as-tu aimé la plongée ?

— C'était parfait. Je ne m'attendais pas à voir des dauphins.

— Nous en avons beaucoup par ici, expliqua Jonah alors qu'ils se dirigeaient vers le buffet. Mais on les voit rarement sous l'eau.

— Ils sont incroyablement gracieux. Et le delphineau nageant avec sa mère… Cette plongée vient d'entrer dans le top 10, peut-être même dans le top 3 de mes plongées.

Jonah remplit son assiette d'un assortiment de fromages, viandes et d'un morceau de baguette puis, il rejoignit Adam à une table près du bord du pavillon en plein air. Le personnel mangeait rarement avec les clients. Mais il n'était pas d'humeur à se conformer aux règles. Après le baiser inattendu, il se disait qu'il pouvait supporter la pression. Il n'avait pas fini dans la chambre d'Adam, n'est-ce pas ? Un déjeuner et une conversation ne devraient pas présenter trop de difficultés.

— Voulez-vous boire quelque chose ? leur demanda Carlotta, une des serveuses.

— Une eau avec une tranche de citron, s'il vous plaît, répondit Adam.

— La même chose, Carlotta.

Jonah ne buvait jamais lorsqu'il travaillait.

— J'ai aimé la plongée ce matin, dit Adam après que la serveuse eut rempli leurs verres.

— Le Parque Nacional del Este est un de me spots préférés. Mais ils sont presque tous incroyables.

Jonah avait exploré la majorité des sites de plongée du pays, mais il s'était installé ici en partie parce que les meilleures plongées étaient à quelques minutes de l'hôtel.

— Je m'attendais à plus de monde ce matin.

— C'est plutôt habituel pour cette période de l'année. Le temps est parfait, mais il est trop tard pour les vacances d'hiver et un peu tôt pour les vacances de printemps. Cela commencera à reprendre au début du mois de mars.

Il préférait cette période de l'année, mais lorsqu'il n'y avait pas de plongeurs à transporter, le personnel n'était pas autorisé à utiliser le bateau. Plonger lui manquait lors de ces occasions, même si la période d'abstinence ne durait qu'une journée.

— Tu plonges depuis un moment, je suppose.

— Depuis toujours, répondit Jonah.

Ce n'était pas un mensonge. Du moins, il ne le pensait pas.

— Je ne peux imaginer ne pas être dans l'eau, je perdrais probablement la tête, continua-t-il.

C'était la plongée qui l'avait sauvé, dix ans auparavant, lorsqu'il s'était réveillé à Punta Cana, sans se souvenir de la façon dont il était arrivé là. Elle lui avait offert quelque chose sur quoi se concentrer.

— Mon père et moi plongions ensemble en eau libre, lui révéla Adam. J'ai fait la majorité de mes plongées dans des eaux plus froides.

— Des forêts d'algues, dit Jonah, presque sûr d'avoir plongé aussi dans ces zones, même s'il ne s'en souvenait pas.

Adam hocha la tête et mangea un bout de fromage.

— Notre endroit préféré se trouvait près des îles du Détroit. Mais après la mort de mon père…

Jonah fut pris par surprise par la puissante vague de regrets et de chagrin qui s'abattit sur lui. Ses yeux le brûlèrent et il réalisa qu'il était sur le point de pleurer. Il toussa pour couvrir sa réaction.

— Est-ce que ça va ? s'inquiéta son compagnon.

— Fausse route, dit Jonah entre deux quintes de toux.

Il s'excusa une minute plus tard et se rendit rapidement aux toilettes les plus proches.

— Tout va bien ? demanda Tatiana, l'une des serveuses alors qu'il s'approchait des toilettes. Tu veux que je t'apporte de l'eau ?

— Je vais bien, assura-t-il en secouant la tête. J'ai juste fait une fausse route.

Il lui offrit un sourire rassurant et poussa la porte. Une fois installé en sécurité dans un des cabinets, il inspira et combattit les émotions qui menaçaient de le submerger.

Qu'est-ce qui t'arrive, merde ?

Il avait ressenti la perte d'Adam, bien sûr. Il s'en souciait, forcément. Mais réagir comme il l'avait fait ?

Respire. Respire, c'est tout.

Une minute s'écoula, puis une autre. Sa respiration ralentit et le monde sembla se recentrer. Il s'appuya contre la porte du cabinet et se ressaisit.

L'UNE des serveuses parla à Jonah. Il secoua la tête. Au moins, il avait cessé de tousser, sinon Adam l'aurait suivi pour s'assurer qu'il allait bien.

La serveuse regarda Jonah se diriger vers les toilettes pour hommes, puis elle prit deux pichets d'eau et se dirigea vers les tables.

Adam entendit Carlotta questionner l'autre femme.

— Tu es sûr qu'il va bien ?

— Il a avalé de travers, dit la femme en jetant un rapide coup d'œil vers les toilettes.

— Toi aussi ?

— Moi ? dit la femme en pressant ses lèvres l'une contre l'autre en un petit sourire.

— Je t'ai vue, Tatiana, la taquina Carlotta en lui prenant un des pichets. Tu ne le quittes pas des yeux depuis son arrivée, le mois dernier.

— Je lui ai juste fait un peu visiter les environs, répondit-elle. Je l'ai aidé à se sentir chez lui.

— Je suppose qu'il n'y a pas que le centre de plongée qui espère qu'il restera plus longtemps que Carlos.

Tatiana souffla et tourna les talons.

Intéressant. Jonah était donc relativement nouveau dans ce complexe hôtelier. Adam avait eu l'impression qu'il était là depuis beaucoup plus longtemps. *Sans parler du fait que cet instructeur de plongée en sait beaucoup sur les environs.* Sa réticence à parler de lui-même soulevait davantage de questions. Il était un casse-tête intéressant.

— Voulez-vous plus d'eau ? demanda Carlotta en s'arrêtant à la table d'Adam.

— Merci.

— Puis-je vous apporter autre chose ?

— Non. Mais merci, j'apprécie.

Il la regarda s'éloigner, ses pensées toujours dirigées vers Jonah.

— Désolé pour ça, dit celui-ci, sa voix faisant sursauter Adam. J'ai bu trop vite.

— Ça va mieux ?

— Oui, merci, répondit-il en prenant ensuite une longue gorgée d'eau.

Adam passa son doigt sur le bord de son verre et étouffa un rire. *Arrête de t'inquiéter.* Il n'avait pas besoin de tout savoir sur l'autre homme. Peu importait de savoir qui était Jonah. C'était un homme bien et Adam s'amusait, pour changer. C'étaient des vacances. Il avait besoin de se détendre et d'arrêter les conneries.

De s'amuser.

— Quelque chose ne va pas ? demanda Jonah.

— Je... rien.

— Bien. Tu es censé passer un bon moment.

— C'est le cas.

C'était vrai. Il passait un bon moment.

— Content de l'entendre. Le centre de plongée est fermé le dimanche, dit Jonah après avoir mâché un bout de fromage. As-tu des projets ?

— Non.

Adam avait oublié qu'il n'y avait pas de plongée le dimanche. Il se dit qu'il passerait la journée à la plage à se détendre. Il n'avait jamais beaucoup aimé les excursions touristiques. Il envisagerait peut-être de louer un des petits voiliers près de la plage.

— Je vais en ville. Des maisons colorées. Beaucoup de poules errant dans les rues. Un petit marché aux poissons où les locaux vendent leurs prises. C'est petit, mais il y a un super restaurant caribéen et les babioles sont moins chères que dans la boutique-cadeau.

— Ça a l'air génial.

La ville semblait pittoresque, mais il voulait surtout passer une autre journée avec Jonah.

Celui-ci sourit, ses yeux bleus brillant de plaisir.

— Génial, s'exclama-t-il avant de se pencher sur la table afin de poser sa main sur celle d'Adam et de chuchoter. Je ne suis pas censé emmener des clients hors de la propriété alors pourquoi ne pas nous retrouver derrière ton bâtiment après le petit-déjeuner ?

Jonah se recula ensuite, mais il n'enleva pas sa main.

— D'accord, dit Adam. J'espérais trouver des cadeaux pour ma famille de toute façon.

La montre de Jonah bipa.

— Il est temps de se préparer pour la plongée de cet après-midi. Dîner après ? Au bord de l'eau ?

Il lâcha la main d'Adam et se leva. Celui-ci maudit silencieusement l'interruption.

— Allons-y.

— **C'EST** bon ? demanda Jonah en levant son verre de vin.

Les vagues léchaient leurs orteils alors qu'ils étaient assis côte à côte dans son endroit préféré, sur les falaises de corail, les pieds nus et une bouteille presque vide entre eux.

Jonah avait convaincu un des cuisiniers d'emballer deux portions de fruits de mer et Adam et lui les avaient mangées tout en assistant à un coucher de soleil spectaculaire. Il avait demandé au sommelier de lui recommander une bouteille de blanc pour accompagner le dîner et avait dépensé près de la moitié de son salaire pour la payer.

— Délicieusement bon. Mais tu n'aurais pas dû choisir une bouteille de première qualité.

Adam avait les joues rouges, mais Jonah ne savait pas si c'était à cause du vin ou d'autre chose.

L'homme était un curieux mélange de sérieux et de douceur. Pas un geek, mais d'une maladresse attachante. Jonah aimait le déséquilibrer. Il n'était clairement pas habitué à ce genre de rendez-vous où il se faisait chouchouter par son partenaire.

— D'habitude, je n'ai pas d'occasion de dépenser mon argent, dit Jonah en toute sincérité. En fait, c'est agréable de faire des folies pour changer.

Mieux qu'agréable. Merveilleux. Le vin, la nourriture. La compagnie.

Cela sembla rassurer Adam, parce qu'il plaça son verre dans le sable et s'appuya sur ses coudes.

— Je pense que toutes les réunions devraient avoir lieu sur la plage, dit-il en souriant. Tout le monde serait trop détendu pour s'énerver.

— J'approuve.

Jonah leva son verre à cette idée avant d'en finir le contenu.

— Plus de vin ? demanda Adam.

— Non. J'en ai eu assez.

— Je suppose que tous tes clients ne suivent pas cette règle.

— Nous avons un seau sur le bateau, révéla Jonah en haussant les épaules. Il a beaucoup servi. Si nous prévoyons une plongée sur une des épaves en eau profonde, je ne les prends pas s'ils ont l'air trop mal. Trop dangereux.

— Tu travailles ici depuis longtemps ?

Adam posa cette question de façon désinvolte, mais Jonah eut le sentiment qu'il ne s'agissait pas d'une question fortuite.

— Environ deux semaines. Je viens d'une autre station balnéaire à huit kilomètres d'ici. Je n'étais pas satisfait de la qualité de l'équipement. Le salaire est meilleur ici aussi.

Il avait surpris un des instructeurs en train de fumer de l'herbe derrière le centre avant une plongée. Il l'avait dénoncé. Après cela, l'ambiance n'avait plus été aussi bonne.

— Oh, commenta Adam.

Il semblait soulagé, mais Jonah sentait qu'il était aussi curieux.

— J'y suis resté environ trois ans, expliqua-t-il. Je suppose que j'ai un peu ressenti l'envie de voyager.

Adam regarda les vagues, le sourire agréable qu'il affichait s'estompant en une expression de désir nostalgique.

— L'errance n'est pas aussi fantastique qu'elle en a l'air.

— Comment as-tu… ? s'exclama Adam, les yeux écarquillés.

— C'est juste une impression. Lorene appelle ça mon sixième sens.

— Lorene ?

— Une amie, dit-il. Elle fait les meilleures tostones au monde.

— Tostones ?

— Cela ressemble à des beignets de maïs, faits uniquement avec des bananes plantain, expliqua Jonah, heureux d'avoir réussi à éloigner la conversation de sujets plus problématiques. Il y a un super endroit en ville qui en fait.

Il n'ajouta pas que ceux-ci n'étaient pas aussi bons que ceux de Lorene.

— Ça a l'air délicieux.

— Tu aimes la cuisine dominicaine ?

— J'aime tous les types de nourriture, expliqua Adam. Plus c'est exotique, mieux c'est. Nos parents nous entassaient dans le minivan et nous emmenaient à San Francisco, une fois par mois lorsque nous étions enfants. Mon endroit préféré était ce petit restaurant vietnamien dans le Castro.

Jonah eut l'eau à la bouche en pensant à un pho. Il n'était pas entré dans un restaurant vietnamien depuis… Le blanc familier qu'il ressentit alors qu'il essayait de se rappeler depuis combien de temps ressemblait toujours à un mur en béton. Il l'esquiva comme d'habitude. Il était devenu bon à laisser traîner le point d'interrogation. C'était bien de ne pas savoir.

— J'adore manger un bon bol de pho, dit-il finalement.

Il soupira et étira ses bras, son épaule frôlant accidentellement celle d'Adam. Il se retourna et vit que ce dernier le regardait avec un soupçon de sourire. Le contact était si agréable. Doux. Sans exigence. C'était comme si Jonah retrouvait quelque chose dont il n'avait jamais su avoir besoin.

— Il se fait tard, dit Adam après un silence prolongé.

— Oui.

Jonah n'avait jamais passé autant de temps à parler avec qui que ce soit, sauf Lorene. Et au lieu de ressentir son envie habituelle de trouver des excuses et passer le reste de sa soirée avec un bon livre, il voulait rester plus longtemps, même s'il savait qu'il devait aller se coucher.

— Plonges-tu demain matin ?

— Bien sûr, répondit Adam.

— Bien.

Adam se leva et tendit la main à Jonah. Ils marchèrent en silence jusqu'au bâtiment d'Adam, puis s'arrêtèrent et se firent face. Ils étaient totalement seuls. Sans personne pour les voir. Sans personne pour les entendre.

Il aurait été facile de demander à Adam de l'accompagner dans sa chambre, mais quelque chose fit que Jonah se retint.

— Bonne nuit, Adam.

— Bonne nuit, répondit celui-ci en se penchant afin de l'embrasser.

Jonah attendit qu'Adam plonge sa langue dans sa bouche. Il voulait le goûter. Sentir la pression de leurs corps ensemble.

Mais Adam recula.

Ce n'était pas comme s'ils ne s'étaient jamais goûtés auparavant, cependant, il avait le sentiment qu'Adam hésitait, lui aussi. Comme s'il avait compris que le baiser pouvait être un prélude à une autre étape qu'aucun d'eux n'était entièrement préparé à franchir.

Adam caressa la joue de Jonah et sourit avant de se retourner et de disparaître dans la cour. Jonah resta là où il était pendant une minute de plus, fixant l'immeuble, puis il fit demi-tour et retourna dans sa propre chambre.

Chapitre Neuf

LES jours suivants se déroulèrent à peu près de la même façon. Une plongée le matin avec Adam, déjeuner ensemble et, une autre plongée l'après-midi. Un couple allemand et des jumeaux du sud de la France les rejoignirent lors des plongées. Ce n'était pas aussi agréable que de plonger seul avec Adam, mais le temps était parfait et l'eau limpide.

Adam et Jonah avaient partagé un verre au bar dans le hall principal presque tous les soirs. La conversation avait été agréable, mais lorsque venait le moment de se retirer pour la nuit, Jonah s'excusait et rentrait dans sa chambre. Ce n'était pas ce qu'il voulait, mais Adam rentrerait chez lui le lundi matin. Dormir seul était plus facile. C'était du moins ce qu'il se disait. Il avait maintenant plusieurs pistes de réflexion sur l'idée de garder Adam loin de lui.

— Dîner ? demanda Adam après que le reste du groupe de plongeurs eut rangé son équipement dans les casiers et fut parti pour l'happy hour sur la plage.

— Je ne peux pas ce soir. Je suis de service de danse au Club Paradise le samedi soir.

Ce n'était pas son travail préféré, mais il avait des bonus lorsque les clientes demandaient après lui.

— Service de danse ? répéta Adam en pressant ses lèvres l'une contre l'autre dans un effort évident pour éviter de sourire.

Jonah lui reconnut beaucoup de mérite pour ne pas avoir ri tout haut.

— Ce n'est pas aussi intéressant que ça en a l'air. Non pas que les femmes ne soient pas de bonne compagnie, mais…

— Seulement les femmes ?

— Il n'y a rien qui dit que je ne peux pas danser avec les hommes, mais on ne me l'a jamais demandé, admit Jonah.

— Je suppose que je vais dîner à la plage tout seul. Aux dernières nouvelles, ils faisaient rôtir un cochon ou un autre gros animal. Il y a un spectacle avec des danseurs locaux.

— Un verre vers vingt-trois heures ? proposa Jonah. J'ai une pause jusqu'à minuit.

— Je te retrouve dans le bar du hall.

Adam hésita un instant et Jonah devina qu'il avait été tenté de l'embrasser, mais il lui fit un signe de la main à la place et se dirigea vers le chemin. Dans la bonne direction.

Jonah mangea rapidement un encas au restaurant près de la piscine, puis il se doucha et se changea. Il enfila le seul pantalon long qu'il possédait, un pantalon cargo bien sûr et une chemise blanche avec le logo de l'hôtel. Il remercia Dieu de ne pas avoir à porter de cravate. Le pantalon était suffisamment inconfortable.

Il se regarda dans le miroir de la salle de bains, puis se brossa les cheveux. Ils séchaient déjà en vagues. Il devrait vraiment les couper, mais il s'était habitué à les attacher après les avoir lavés et ne pas avoir à se soucier de visites régulières chez le coiffeur. Il avait choisi de les laisser libres ce soir au lieu de sa queue de cheval habituelle.

Cela ferait l'affaire.

Il n'avait pas assisté à plus de deux soirées-danse depuis qu'il travaillait ici, mais il avait rapidement appris que les pourboires étaient meilleurs et les femmes plus intéressées si elles pouvaient jouer avec ses cheveux. Cela ne le dérangeait pas, mais l'idée qu'Adam fasse la même chose le conduisit à d'autres pensées…

Concentre-toi ! Il ferma les yeux et se rappela la fois où il s'était trouvé nez à nez avec un requin-tigre. *Presque aussi efficace qu'une douche froide.*

Il passa son badge par-dessus sa tête, puis se souvint du clou d'oreille diamant qu'il avait acheté à la boutique de cadeaux la semaine précédente. Ce n'était pas un vrai diamant, mais il aimait le bijou. Il récupéra la boucle d'oreille dans sa commode. Elle capta la lueur du plafonnier et envoya de minuscules éclats de lumière dans la pièce, rappelant à Jonah une boule à facettes lors d'une soirée dansante au lycée. Il entendait presque les martèlements de la musique et quelqu'un rire en le regardant du côté du gymnase.

— *Tu ne danses pas ? dit Carole avant de le pousser vers un groupe de filles.*

Il s'éloigna d'elle et vit Jason Cavender le regarder depuis la table des desserts. Les deux bières qu'il avait bues avant de venir s'étaient combinées aux bouffées qu'il avait tirées sur le joint de Karl Oberdorf quelques minutes auparavant et il se sentait invincible.

— *Et puis merde, murmura-t-il.*

Ce n'était pas comme s'il reverrait ces gens après son départ à la fac.

Il s'approcha de Jason, sachant que Carole le surveillait. Il s'en fichait.

— *Tu veux danser ? demanda-t-il.*

Jonah revint à lui et se rendit compte qu'il tenait toujours le bijou. Il l'accrocha d'une main tremblante et fit de son mieux pour effacer les souvenirs. Il prendrait quelques verres au club avant de retrouver Adam. Il devait s'éclaircir les idées. Il devait se concentrer sur autre chose que ses souvenirs.

LE club de danse, où on pouvait voir des affiches à l'extérieur pour le bingo du dimanche, une revue musicale le mardi et un club de comédie le mercredi, se remplissait déjà. Adam s'assit au coin du bar et sirota un cocktail avec chantilly et petit parasol. La boisson avait plutôt un goût de dessert, ce n'était pas son truc. Mais, bon, la danse non plus. Ce soir, il était venu parce que sa curiosité l'avait emporté.

Jonah arriva environ quinze minutes après lui. À ce moment-là, Adam avait obtenu son diplôme en shots de tequila. La marque locale était à peine buvable, mais après le premier, il n'en sentit plus vraiment le goût.

Le lendemain, c'était dimanche et le centre de plongée était fermé, alors il ne s'inquiétait pas de l'effet que l'alcool pouvait avoir sur lui.

Jonah salua le barman qui lui répondit en levant son pouce et dit quelque chose au groupe de femmes qui buvait des boissons avec des brochettes de fruits et des petits parasols en papier. Elles se retournèrent pour le regarder, puis se murmurèrent à l'oreille et gloussèrent. Adam ne les blâmait pas de baver sur Jonah. Il était parfaitement appétissant, de ses cheveux ébouriffés à la boucle d'oreille en diamant qu'il portait.

Jonah s'avança vers le bar et les femmes gloussèrent à nouveau. Jonah se mordilla la lèvre pendant qu'ils parlaient et riaient. Adam s'imagina faire la même chose à ces lèvres pleines avant de goûter la bouche de l'homme en question. Il se vit déboutonner la chemise de Jonah afin de révéler la peau hâlée en dessous, puis explorer ses mamelons avec ses dents et sa langue.

Merde. À ce rythme-là, il devrait prendre une douche froide dans sa chambre d'hôtel. Son cœur battait la chamade chaque fois que leurs corps se frôlaient, à chaque contact éphémère. Il avait l'impression d'être à nouveau un adolescent, bavant à cause d'un premier béguin.

Une des femmes se leva et Jonah la mena sur la piste de danse. Il jeta un coup d'œil rapide dans la direction du DJ. Celui-ci hocha la tête et la musique passa rapidement du rock des années 90 à de la salsa. Certains des clients qui dansaient retournèrent à leurs tables, tandis que d'autres restèrent sur le bord de la piste de danse et regardèrent Jonah guider la femme à travers un pas simple de salsa, puis la prendre par la main et la faire tournoyer. Elle vacilla et faillit trébucher sur sa jupe longue, mais Jonah enveloppa gracieusement un bras autour de sa taille et la tira vers lui.

Beau travail. Aucun doute, Jonah savait danser. Ses hanches tournaient doucement au rythme du tempo et en voyant son expression intense, Adam aurait souhaité que ce soit lui qui dansait avec Jonah.

Ce dernier répéta les pas de base de la salsa avec toutes les femmes sauf une, qui était manifestement trop gênée pour se joindre à lui. Il lui murmura quelque chose à l'oreille avant de se rendre au bout du bar où Adam *pensait* être invisible.

— Tu te caches ? demanda Jonah avec un sourire rayonnant.

— Moi ? répliqua Adam, sûr que ses joues étaient maintenant rouge vif.

Jonah tendit une main qu'Adam fixa avec méfiance.

— Tu es sûr que c'est bon ? s'inquiéta Adam.

Jonah haussa les épaules et lui adressa un sourire diabolique, à moitié comme un enfant sur le point de se servir dans la boîte à biscuits, à moitié Casanova. Beaucoup trop séduisant et totalement différent de tout ce qu'Adam avait pu voir de lui auparavant.

— Tu as peur que je te laisse tomber ?

— Allons-y, Fred, s'exclama Adam en arquant un sourcil.

— Tu es donc Ginger ? se moqua Jonah en le tirant sur la piste de danse.

— Si les chaussures me vont. Je suppose que ça veut dire que tu mènes.

— Préfèrerais-tu mener ? demanda Jonah, ses paroles sonnant comme un défi.

— Pas du tout. Tu as fait un travail formidable pour rendre les dames plus belles. Je pense que je suis entre de bonnes mains.

Jonah rit et fit tourner Adam sur lui-même avant de le regarder fixement.

— Tu es un pro.

— Qui, moi ?

Jonah le fit basculer, puis le tira à nouveau en arrière de sorte qu'Adam se tienne contre sa poitrine. Ils bougèrent les hanches, tournant au rythme de la danse latine tandis que certains spectateurs commençaient à les encourager.

— Un vrai pro, confirma Jonah, l'air heureux. Où as-tu appris à danser ?

— Mes parents étaient de la vieille école. Ils pensaient que les garçons et les filles devaient savoir danser. J'ai étudié le swing et la danse de salon avec ma sœur jusqu'à ce que je sois assez grand pour comprendre que ce n'était pas cool. Habituellement, j'essaie d'éviter ça à tout prix. Et toi ?

— J'ai découvert ça en arrivant sur l'île, expliqua Jonah, alors qu'ils s'écartaient l'un de l'autre, leurs mains momentanément séparées.

Puis Adam se retourna et leurs mains se rencontrèrent à nouveau.

— J'ai réalisé que j'étais plutôt bon à ça, alors j'ai pris quelques leçons.

— Quelques-unes ?

John se mordilla la lèvre pendant qu'ils tournoyaient ensemble, poitrine contre poitrine.

— Quelques années, c'est mieux ?

— Ça, j'y crois davantage.

— J'ai arrêté quand j'ai quitté Punta Cana, dit Jonah en faisant à nouveau tourner Adam.

Ce dernier fit un tour supplémentaire pour faire bonne mesure

— Belle prestation.

— Merci.

La musique se termina un moment plus tard et Adam se mit à pirouetter soigneusement de sorte qu'il se retrouva face à Jonah, leurs lèvres à quelques centimètres de distance. La foule applaudit et le cerveau d'Adam se remit à fonctionner. Il ne pouvait pas embrasser Jonah ici, bien sûr. Il se recula, s'inclina formellement, puis retourna à son siège au bar.

Il regarda Jonah danser pendant près d'une heure. Il avait maintenant une demi-douzaine de femmes en piste pour une brève leçon de salsa. Il resta charmant et patient pendant tout ce temps. Adam, au contraire, commença à se sentir nerveux. Il avait fini son verre et hésitait à en prendre un autre, mais s'il devait rester ici et regarder Jonah flirter une minute de plus…

Tu es jaloux.

Peu importait que ce soit le travail de Jonah, Adam devait sortir du club. Il sortit son téléphone et tapota l'écran : 22 h 43. Il allait se diriger vers le bar du hall et attendre Jonah.

Chapitre Dix

JONAH jeta un coup d'œil vers le bar et vit qu'Adam était parti. Il s'extirpa au milieu des lamentations du groupe de femmes à qui il apprenait à danser. Plusieurs d'entre elles mirent des billets dans ses mains et il empocha l'argent. Entre les conseils qu'il donnait lors des plongées et ceux des soirées dansantes, il pourrait être en mesure de se payer son propre appartement en ville dans quelques mois. Cette pensée l'amena à penser à nouveau à Adam. *Arrête ça. Il n'y a pas d'avenir dans cette relation.* Si on pouvait même appeler ce qu'ils avaient une relation.

Les relations nuisent au succès. Les mots résonnèrent comme un écho dans son esprit. La voix qui parlait était la sienne.

Un souvenir ?

— Luis ?

— Que puis-je te servir, Casanova ? demanda le barman en souriant.

Jonah secoua la tête et rit.

45

— Donne-moi un shot de tequila Reposado, petit malin, répondit-il à Luis.

Le barman rit et attrapa un verre à shot sur une étagère.

Jonah but son shot en deux gorgées et se concentra sur la détente de la tension dans son corps.

— Ça va mieux ? demanda Luis, la tête inclinée de côté.

— Oui. Merci.

— Peut-être que tu pourras m'apprendre la salsa plus tard, si tu vois ce que je veux dire, dit le barman en agitant ses sourcils.

Jonah eut l'impression qu'il ne plaisantait qu'à moitié.

— Peut-être une autre fois, répondit-il en envoyant un baiser à Luis avant de se diriger vers la sortie.

D'autres complications dont il n'avait pas besoin.

Le bar du hall d'entrée était presque vide, puisque la majorité des clients étaient au club. Adam était assis sur un canapé près d'une des arcades ouvertes remplies de plantes et de fleurs exotiques. Au-delà, il y avait une petite cour où patientaient les clients en partance. Lulu, qui était également danseuse dans la revue musicale du mardi, jouait *Besame Mucho* au piano à proximité.

Jonah s'arrêta au bar pour prendre un verre de Seltzer avec une tranche de citron vert, puis il s'approcha d'Adam et s'assit à côté de lui.

— J'espérais que tu resterais et que nous pourrions danser à nouveau, dit-il.

— Tu avais l'air occupé, répondit Adam qui semblait mal à l'aise.

Était-il jaloux ?

— Désolé.

— Pas besoin de t'excuser. C'est ton travail.

Adam s'adossa aux coussins et sirota son verre.

Jonah jeta un coup d'œil à Lulu, puis il s'adressa à Adam.

— Je reviens tout de suite. Tu ne pars nulle part, d'accord ?

— Je… Bien sûr.

Jonah le rassura d'un sourire. Il s'approcha du piano et toucha le bras de Lulu.

— Que puis-je jouer pour toi, Jonah ? demanda-t-elle sans s'arrêter.

Jonah avait l'habitude de passer ses soirées ici, à l'écouter jouer de la musique. Quand il y avait peu de clients, elle jouait souvent des morceaux classiques pour lui. Elle était plutôt bonne et il le lui avait dit.

— Si cela ne te dérange pas, je pensais à quelque chose d'un peu différent ce soir.

ADAM regarda Jonah qui parlait avec la pianiste. Elle était charmée comme les autres. Cela ne le dérangeait pas. Pas vraiment. Mais après une semaine aux côtés de cet homme, il voulait profiter encore davantage de sa compagnie. La danse avait été merveilleuse, mais ce n'était pas suffisant. Il rentrerait chez lui dans deux jours. Et quoi ensuite ?

Jonah posa une main sur son épaule et se pencha.

— Tu viens avec moi ? demanda-t-il d'une voix basse qui fit frissonner Adam.

— Comme si je pouvais dire non.

— Tu peux laisser ton verre. Nous reviendrons le chercher plus tard.

Il prit la main d'Adam et le conduisit dans une petite cour adjacente au bar. L'endroit avait l'air rien qu'à eux, sans autre client en vue. Des étoiles scintillaient à travers les nuages au-dessus. La musique du piano s'envola, douce et chaleureuse. Une autre chanson qu'Adam ne pouvait pas nommer, mais dont il pouvait fredonner la mélodie.

— Enfin seuls ? dit-il en déplaçant son poids d'un pied de l'autre.

Jonah et lui avaient été seuls plusieurs fois, mais étrangement, celle-ci semblait différente.

— Tu danses avec moi ? dit Jonah en tendant la main.

Comme si c'était le bon moment, la musique changea.

Adam hocha la tête et ferma les yeux momentanément pour mieux se concentrer sur le rythme.

— Tango, murmura-t-il.

Il n'en avait pas dansé depuis des années, mais les pas lui revinrent lorsqu'il prit la main de Jonah et que leurs poitrines se touchèrent.

— Mmm.

Jonah fit tournoyer Adam, puis ils se retrouvèrent, les corps s'écrasant l'un contre l'autre. Le pouls d'Adam s'accéléra lorsque Jonah passa une main sur sa joue, puis caressa son bras avant qu'ils ne se séparent à nouveau. Une goutte de sueur chatouillait le cou d'Adam, tandis qu'une autre glissait entre ses omoplates.

Adam soupira alors qu'une brise soulevait les cheveux de sa nuque, fraîche sur sa peau. Puis ils se retrouvèrent à nouveau ensemble, sans aucun espace entre eux. L'odeur d'un agrume quelconque flotta alors qu'il faisait courir ses doigts dans les cheveux ondulés de Jonah.

Celui-ci gémit et Adam réalisa qu'ils avaient cessé de bouger. Jonah s'inclina sous la caresse, les yeux affamés. Adam le rapprocha et le baiser devint incandescent, envoyant de la chaleur dans son aine. Ils s'agrippèrent par les hanches, Jonah serrant aussi fort qu'Adam.

Adam n'avait jamais autant désiré quelqu'un. Au cours des cinq derniers jours, leur attraction était passée d'une combustion lente à la chaleur d'un haut-fourneau. Ce n'était pas seulement son désir physique qui l'avait poussé à tant le vouloir. Il appréciait vraiment l'homme lui-même et aimait lui parler. Jonah était bien plus qu'il n'y paraissait.

— Bon sang, tu as bon goût, dit Jonah en reprenant son souffle.

Il effleura de ses lèvres celles d'Adam tandis qu'il tenait tendrement son visage entre ses mains. Il sortit la chemise de ce dernier de son pantalon et remonta le long de sa colonne vertébrale en un geste sensuel.

Adam souffla longuement et soupira.

— Jonah, je veux…

— Je dois retourner au club, dit Jonah en jetant un coup d'œil à sa montre, avant de lever les yeux vers Adam. Je veux vraiment faire *ça*. Vraiment. Mais je veux prendre le temps.

— C'est l'heure pour une douche froide.

Même si cela n'aiderait pas.

— Demain, dit Jonah, l'air vraiment déçu. Nous pourrons prendre notre temps. Je n'ai rien de prévu de toute la journée.

— Je survivrai peut-être aussi longtemps, dit Adam en appuyant sa tête sur l'épaule de Jonah.

— Tu pourrais venir danser au club, suggéra Jonah.

— Non. C'est mieux ainsi. Je n'ai pas très bien dormi ces dernières nuits.

— Nerveux à propos de ce qui t'attend chez toi ?

— Oui.

Ce fait et la prise de conscience que ce fantasme merveilleux serait bientôt fini et qu'il devrait revenir à la froide réalité d'être célibataire à San Francisco lui avaient fait espérer que cet intermède dure encore un peu plus longtemps.

— Nous aurons toute la journée de demain pour nous, répéta Jonah. Pas de travail, pas d'interruptions.

Il avait raison. Ils pouvaient attendre. S'ils devaient vraiment le faire, Adam voulait prendre son temps. S'il ne devait garder que des souvenirs de Jonah à son départ, il ferait de son mieux pour tirer le meilleur parti du temps qu'ils passeraient ensemble.

— Nous aurons du bon temps demain. Je te le promets, assura Jonah en l'embrassant avant de soupirer. Retour à la corvée.

Il prit la main d'Adam et le fit passer sous l'arche avant de rejoindre le bar.

— Huit heures, demain ? demanda-t-il ensuite.

— Parfait.

Jonah s'engagea dans le long passage couvert et jeta un coup d'œil en arrière vers lui en souriant.

Demain ne serait jamais là assez tôt.

Chapitre Onze

— *TU peux leur dire que s'ils n'apprécient pas ça, ils peuvent aller se faire voir, dit-il. J'en ai plus qu'assez de leurs conneries. Arrête ça.*

— Mais Jackie...

— Quelle partie de « arrête ça » ne comprends-tu pas, Phil ? Ou dois-je aussi arrêter avec toi aussi ?

— Non. Bien sûr que non. Je me disais que si nous les invitions ici et leur montrions l'installation, ils verraient que c'est une bonne affaire pour eux.

La pomme d'Adam de Phil tressautait. Un signe de faiblesse.

Jackie détestait la faiblesse. Il n'élevait jamais la voix. Il n'en avait pas besoin. Son silence désapprobateur était cent fois plus efficace. Il se contrôlait.

— Il ne s'agit pas de se faire des amis. Il s'agit de gagner de l'argent. La croissance de l'entreprise.

Pourquoi Phil avait-il tant de mal à le comprendre ?

— Mais...

— J'ai fini, dit Jackie en tenant la porte de son bureau ouverte.

Phil l'étudia pendant un moment, puis il souffla longuement.

— Je vais m'en occuper, dit-il en partant.

— J'en suis sûr.

Jonah se réveilla en sursaut. Il observa la chambre, attendant que chaque ombre prenne la forme de quelque chose d'habituel. De connu. La silhouette sombre dans le coin était la commode. Le truc ailé qui s'accrochait au plafond était le lustre qui pendait au-dessus de la petite table de la kitchenette.

— Merde.

Calme-toi. Respire.

Il tendit la main vers la lampe et l'alluma. Les ombres reculèrent. Il se leva et se dirigea vers les portes vitrées donnant sur le balcon. Il en ouvrit une et s'avança dans l'air frais. Il se concentra sur le bruit des vagues se brisant sur la plage et laissa le calme s'installer en lui.

Il tenta de se souvenir du rêve. Il essaya de comprendre pourquoi cela lui faisait encore peur. Mais il ne se souvenait que de la conversation. Et de *Jackie*, qui que soit cette personne.

Pourquoi maintenant ? Il n'avait pas fait de cauchemars depuis... *Depuis que tu t'es réveillé à Punta Cana, il y a dix ans, sans aucun souvenir du passé.* Les cauchemars l'avaient poursuivi pendant près de six mois jusqu'à ce qu'ils disparaissent.

Lorene. Il devrait l'appeler. Elle saurait quoi faire.

Mais il ne l'appellerait pas. Elle l'avait recueilli. Elle lui avait trouvé un emploi dans le magasin de plongée de la ville, l'avait même aidé à obtenir de faux papiers pour qu'il puisse passer l'examen pour devenir moniteur de plongée. Elle l'avait encouragé à étudier pour devenir instructeur et il l'avait fait avec son soutien. Il ne la dérangerait pas. Il n'admettrait pas qu'il avait encore besoin de son aide malgré tout ce qu'elle avait fait pour lui. Il lui avait remboursé tout l'argent qu'elle lui avait avancé, mais il n'avait jamais pu la rembourser pour sa gentillesse. La dernière chose qu'il voulait, c'était s'imposer à nouveau.

La tempête de pensées dans son crâne s'apaisa. Il pouvait à nouveau respirer. Il pouvait réfléchir.

Juste un rêve. C'était juste un rêve. Il irait bien à la lumière du jour.

Et si c'était important ? dit la petite voix au fond de son cerveau.

Cela n'a pas d'importance.

La petite voix n'ajouta rien de plus.

Il se moquait de ce qu'avait été sa vie avant. Il refusait d'y penser.

Chapitre Douze

ADAM était assis à l'arrière d'un cyclomoteur et s'accrochait à la taille de Jonah alors qu'ils roulaient à toute allure sur les routes vallonnées vers Las Cañadas à environ quinze kilomètres de l'hôtel. Le village était situé sur la côte rocheuse et ne comptait guère plus que quelques dizaines de maisons en parpaing et des magasins avec une petite place au milieu. Mais dès qu'ils descendirent du cyclomoteur et foulèrent les pavés, Adam eut l'impression d'être transporté cinquante ans en arrière. Des chapeaux, des vêtements et des poupées aux couleurs vives étaient suspendus à un auvent dans un coin de la place. Des paniers tissés étaient empilés de chaque côté de la façade du magasin qui était totalement ouvert. À l'extérieur, une dame âgée était assise à une table de fortune, peignant de petites figurines en bois. Elle leur fit signe.

— Tu veux jeter un coup d'œil ? demanda Jonah.

— J'adorerais.

Il posa son casque sur le siège de l'engin et suivit Jonah.

La vieille femme se leva et embrassa Jonah comme un vieil ami.

— Je connais Eugenia depuis environ cinq ans, expliqua-t-il alors qu'Adam admirait tous les produits. Depuis que j'ai déménagé dans cette partie de l'île.

Elle sourit lorsque Jonah les présenta.

— Regardez, dit-elle dans un anglais avec un lourd accent. Je vous ferai un bon prix puisque vous êtes l'ami de Jonah.

— Merci.

Adam suivit Jonah dans le magasin. Les lattes du plancher étaient inégales et usées, mais les marchandises étaient bien entretenues et organisées en rangées ordonnées. Adam prit une statuette d'oiseau peinte en couleurs vives et la tint devant la lumière.

— Certains hommes du village les sculptent, expliqua Jonah. La sœur d'Eugenia les peint.

— Elles sont magnifiques.

Ce n'était pas ce qu'il avait en tête pour Karen ou sa mère, mais il décida d'en acheter une afin d'égayer son bureau au travail. Il déposa l'oiseau et prit une grande statuette représentant un dauphin. C'était une sculpture beaucoup plus complexe, l'animal nageant aux côtés de coraux peints en violet et rose.

— Cela me rappelle notre plongée, dit Jonah lorsque Adam reposa la sculpture là où il l'avait trouvée.

— Moi aussi. Bien que ce dont j'ai vraiment besoin, ce soient de cadeaux pour Karen et ma mère.

Il fut un temps où il aimait aussi trouver des cadeaux pour son frère. Il aurait aimé que les choses soient différentes entre eux.

— Ça va ? demanda Jonah.

Adam hocha la tête.

— Je me disais juste que certaines choses sont compliquées.

Jonah posa une main sur son épaule. Le geste était sacrément agréable. Il semblait naturel.

— J'ai une idée de cadeau.

Il prit la main d'Adam.

— Bien sûr.

Jonah conduisit Adam au-delà d'une autre rangée, puis s'arrêta brusquement et rit.

— Je ne devrais probablement pas te montrer cela, s'amusa-t-il en prenant un cendrier.

Adam mit un moment à réaliser que ce n'était pas un oiseau perché sur le côté parmi les fleurs sculptées, mais un pénis en érection.

— Oh ça, c'est le cadeau parfait pour ma mère, s'écria Adam en riant. J'imagine la tête qu'elle ferait.

— Tu devrais peut-être en prendre un pour chez toi, alors.

— Non.

Adam rit à nouveau en secouant la tête.

— Allez, se moqua Jonah. Ne me dis pas que tu l'aurais laissé passer si tu l'avais vu lorsque tu étais plus jeune.

— *Beaucoup* plus jeune. Quinze ans peut-être, rétorqua-t-il en le donnant à Jonah. Je pense que tu dois l'acheter. Pas moi. Je suis sûr que tu trouveras un endroit sympa pour ça chez toi.

— Tu n'as pas vu mon domicile, protesta-t-il. Il est peut-être ultra sophistiqué.

Adam leva un sourcil sceptique.

— D'accord, alors il est ennuyeux comme la pluie, admit Jonah. Mais, je fais le lit, au moins.

— Cela va certainement égayer ton intérieur.

— Oublie ma suggestion, soupira-t-il d'un air théâtral en reposant le cendrier à sa place.

— D'autres suggestions de cadeaux ? demanda Adam en éloignant malicieusement Jonah loin des cendriers.

— Oui, répondit-il en pointant du doigt une vitrine. Est-ce que des bijoux, ça irait mieux ?

— Beaucoup mieux, répondit Adam en se penchant sur la vitrine qui était remplie de bagues, pendentifs et boucles d'oreilles en argent. Parfait, en fait.

Il prit un pendentif et le tint à la lumière. La pierre bleue en son centre lui rappelait l'océan avec le soleil atteignant le fond sableux.

— Est-ce une turquoise ?

— C'est un Larimar. On ne les trouve qu'ici, en République Dominicaine.

— C'est vraiment joli, s'extasia-t-il en retournant un des bijoux. Et le prix n'est pas mal du tout.

— Eugenia le baissera de 20%, dit Jonah.

— Est-ce qu'elle gagne de l'argent en vendant des bijoux avec une ristourne ?

— Suffisamment. La marge est assez substantielle. Certains hôtels s'arrangent pour que leurs clients viennent ici faire leurs courses, donc elle s'en sort bien.

Adam prit une bague pour homme et la retourna dans sa main. Elle était de style moderne, des rayures argentées et Larimar inclinées s'alternant sur sa face rectangulaire. Il était sur le point de la reposer lorsque Jonah parla.

— Essaie-la, lui dit-il.

— Je n'en ai pas vraiment besoin.

— Un bijou n'est pas une question de besoin. C'est censé être spécial.

— On dirait le texte d'une carte de vœux, tu sais, dit Adam en plaisantant.

— Essaye-la. Qu'est-ce que ça peut faire de mal ? demanda Jonas avec un sourire à peine réprimé.

— D'accord, mais je n'y crois pas, répliqua Adam en la glissant sur son annulaire droit. Pas mal.

Elle lui allait vraiment bien.

— Mais je n'ai vraiment pas besoin d'un cadeau pour moi, reprit-il.

Jonah et Adam retournèrent au scooter vingt minutes plus tard après avoir trouvé une paire de boucles d'oreilles et un collier assorti pour sa mère et une manchette en argent avec plusieurs pierres Larimar serties de haut en bas pour Karen. Jonah plaça le paquet d'Adam dans le coffre et l'enferma.

— Merde, dit Jonah. J'ai oublié mon portefeuille à l'intérieur. Tu peux m'attendre ici ? Je reviens tout de suite.

— Bien sûr.

Jonah revint quelques minutes plus tard en tenant son portefeuille.

— Désolé, dit-il. Je peux être un peu tête en l'air, parfois.

— Pas de soucis, affirma Adam alors que son estomac grondait fortement.

— Tu as faim ?

— J'aurais probablement dû prendre un petit-déjeuner plus copieux, répondit-il. J'ai l'habitude de manger léger lorsque je plonge.

— Pas de problèmes.

Jonah en jeta un coup d'œil à sa montre de plongée.

— Il est presque midi. Si on prenait quelque chose et qu'on mangeait sur la plage ?

— Ça me semble parfait.

— Super. Il y a une petite sandwicherie à la sortie de la ville, sur le chemin de la plage. Nous allons nous y arrêter et pique-niquer sur le sable. Il y a un endroit avec un peu d'ombre.

La sandwicherie était étonnamment bondée. Adam se demanda si tout le village était sorti pour manger.

— Me fais-tu confiance pour commander pour toi ? demanda Jonah.

— Totalement, répondit-il. Et peux-tu me prendre quelque chose à boire maintenant, si ça ne te dérange pas ?

— Je m'en occupe. Détends-toi un peu, dit Jonah en pointant du doigt un petit banc devant le magasin. Je reviens dans une minute.

— Super. Merci.

Adam s'installa sur le banc et se pencha en arrière afin que le soleil soit sur son visage. Il ferait trop chaud plus tard pour en profiter ailleurs que dans l'eau. Mais pour l'instant, cela faisait toujours du bien. C'était réconfortant. Relaxant.

Il essaya de ne pas penser à son départ le lendemain, mais les pensées de ce qui se passait chez lui s'emparèrent de lui. Il souhaitait que le fiasco d'Entech soit terminé et qu'il puisse se réjouir de revoir sa famille. *Ce sera bientôt fini et tu pourras te concentrer sur ce qui compte vraiment.*

— Tu es beaucoup plus détendu qu'à ton arrivée, dit Jonah.

Adam ouvrit les yeux et prit la bière fraîche que lui tendait l'autre homme.

— Parfait. Merci.

— Tu réfléchissais à quelque chose ? demanda Jonah après qu'Adam eut pris une longue gorgée.

— Toujours, répondit ce dernier en haussant les épaules. Je me suis dit que je ne penserais pas à Entech, ni à Roger, ni à aucune connerie avant d'être dans l'avion de retour.

— C'est Roger qui a suggéré le rachat ?

Jonah s'assit à côté de lui avant de prendre une gorgée de sa boisson.

— Oui. Je comprends pourquoi il le veut, répondit Adam avant de boire à nouveau. Il est enseignant. Il a peur de la retraite… de ne pas avoir assez d'argent pour joindre les deux bouts. Je comprends ça.

— Il ne croit pas que tu arriveras à ça avec Prestco ?

— Je ne sais pas. Peut-être. Il ne comprend pas vraiment ce que je fais. Il comprend ce qu'était l'entreprise, mais il ne saisit pas où je veux l'emmener, expliqua-t-il. Il les entend parler de dizaines de millions de dollars et c'est tout ce qui compte.

— Tu ne peux pas lui en vouloir, je suppose.

— Je ne lui en veux pas du tout. C'est difficile de tenir avec Prestco face à autant d'argent.

La bière était bonne et froide. La sensation floue de l'alcool et la brise fraîche de l'océan lui permettaient presque d'oublier.

Presque.

— J'en suis sûr. Mais tu y arriveras, ajouta Jonah, les commissures de ses lèvres se relevant. J'en suis sûr.

— Merci.

— Señor Jonah ? dit une femme, sa tête apparaissant hors du magasin. Vos sandwichs.

Elle lui tendit un paquet avant de lui demander de patienter un instant.

— Il y a plus ?

— Bien sûr, répondit Jonah en souriant. Je ne peux pas te laisser rentrer aux États-Unis sans le traitement complet, n'est-ce pas ?

La femme revint avec une demi-douzaine de canettes de ce qui ressemblait à de la bière.

— Je peux les porter, offrit Adam en les prenant.

— Merci.

Jonah fit un signe de la main à la femme, puis ils retournèrent au scooter.

L'odeur de l'océan devint plus forte alors qu'ils roulaient sur un chemin de terre cahoteux menant hors de la ville. Les maisons étaient encore plus proches les unes des autres et il était difficile de voir quoi que soit avec tous les virages. Adam s'accrocha à la taille de Jonah et au sac de sandwichs, riant de temps en temps lorsqu'ils se heurtaient à une ornière particulièrement importante.

Jonah s'arrêta quelques minutes plus tard et sécurisa le scooter, puis il prit une couverture dans l'une des sacoches. Ils traversèrent un espace rempli d'arbres et d'arbustes bas et émergèrent sur une plage d'une beauté spectaculaire. Une rangée de bateaux en bois peints de couleurs vives reposait sur le sable, attendant leurs propriétaires pour la pêche. Ici et là, des hommes travaillaient à la réparation de grands filets. Ils saluèrent Jonah et Adam.

— C'est un endroit magnifique, dit Adam alors qu'ils commençaient à descendre sur la plage.

Ils empruntèrent ensuite un petit sentier étroit à travers des palmiers et des buissons plus épais.

— C'est encore mieux ici, répliqua Jonah en soulevant quelques branches afin de permettre à Adam de se glisser devant lui.

La végétation céda et Adam faillit suffoquer de plaisir.

— Tu as un don pour trouver les endroits les plus étonnants, commenta-t-il en regardant une petite plage avec le sable le plus blanc qu'il n'ait jamais vu.

La petite crique, entourée d'arbres sur trois côtés, était immaculée et l'eau aussi claire que du verre.

— J'aime explorer, répondit Jonah en souriant. Mais je ne peux pas m'attribuer le mérite de cet endroit particulier. C'est un des instructeurs de mon précédent emploi qui m'en a parlé.

Il pointa du doigt le bord le plus éloigné où des arbres surplombaient une bonne étendue de sable.

— Réservation pour deux, ajouta-t-il.

Ils enlevèrent leurs chaussures et marchèrent pieds nus près de l'onde. L'eau était agréable après les routes poussiéreuses.

Une fois arrivés sur place, Adam posa leur déjeuner et attrapa les coins de la couverture que Jonah avait dépliée. Ils s'assirent côte à côte, face à l'océan.

— Je meurs de faim, dit Jonah en ouvrant le sac contenant leur déjeuner.

— Ça sent super bon, ajouta Adam, presque sûr qu'il ne serait pas déçu.

— Leur sandwich au jambon de porc rôti dans un pan de agua [2] est le meilleur que je n'aie jamais mangé sur l'île. Ils préparent le pain tous les jours.

Jonah observa Adam déballer son sandwich et mordre dedans. Le pain était tendre et légèrement sucré, la viande si tendre qu'elle fondait dans la bouche.

Adam gémit, puis rit lorsque Jonah lui essuya le coin des lèvres avec une serviette afin d'attraper un peu de jus qu'il n'avait pas été assez prompt à lécher.

— Une nourriture parfaite, une plage incroyable, une super compagnie... Je peux mourir maintenant, dit Adam après avoir avalé.

Il aurait aimé s'en mettre partout afin que Jonah le touche à nouveau.

— Tu as besoin de quelque chose pour faire descendre tout ça, dit ce dernier en lui tendant une boisson.

---

2 Pain d'eau, pain assez similaire au pain français.

Adam en but un peu et gémit.

— Oh, bon sang, c'est un péché.

— C'est un smoothie aux fruits de la passion fait avec du lait concentré, expliqua Jonah en ouvrant son sandwich et mordant dedans. Celui à la mangue est plutôt bon aussi.

— Cet endroit est vraiment incroyable, soupira Adam en fermant les yeux un instant. Je comprends pourquoi tu as décidé de rester.

— J'ai envisagé d'essayer une autre île. Je suis ici depuis près de dix ans maintenant et je me disais que j'irais bien voir Vieques à Porto Rico. Il y a une baie bioluminescente qui est, paraît-il, incroyable. Peux-tu imaginer une plongée de nuit où tu n'as pas besoin d'apporter de lumière ?

— J'en suis, dit Adam en finissant son sandwich avant de savourer sa boisson.

Il avait évité d'interroger Jonah sur son passé, mais après cinq jours passés presque constamment ensemble, il pensa qu'il pouvait aborder le sujet.

— Que faisais-tu avant de venir en République Dominicaine ?

— Pas grand-chose, répondit-il, son sourire détendu disparaissant.

Adam hésita. Il savait qu'il ne devait pas se méfier de l'autre homme, mais ce léger doute au fond de son esprit ne le laissait pas tranquille.

— Jonah ?

— Humm ?

— Quoi que tu as fait avant... ça ne me dérangerait pas, tu sais.

— Merci.

Jonah, au contraire, avait l'air encore plus mal à l'aise qu'il ne l'était une minute auparavant.

Encore une impasse. Il devrait probablement laisser tomber. Mais il n'avait jamais été du genre à abandonner et n'avait jamais été particulièrement timide.

— Jonah, si tu ne veux pas en parler parce que tu travaillais dans le secteur de la technologie, je comprends. Mais ce ne serait vraiment pas...

— Ça n'a rien à voir avec ça, répondit Jonah, sa voix vibrant de frustration. Je...

Il se releva et se dirigea vers le bord de l'eau.

Merde. Adam se sentait mal. Il avait évoqué quelque chose dont Jonah n'avait clairement pas envie de parler. Même s'il voulait en savoir plus sur Jonah, sa dernière envie était de gâcher leur journée. Il se leva et posa une main hésitante sur l'épaule de l'autre homme. Il s'attendait presque à ce que Jonah s'emporte contre lui, mais au contraire, tout son corps se détendit sous sa main.

— Je suis désolé, dit Jonah.

— Toi ? Non, c'est ma faute. J'aurais dû comprendre que tu ne voulais pas m'en parler.

Jonah poussa un long soupir et secoua la tête.

— Ce n'est pas ce que tu crois.

— Je ne comprends pas.

— Ce n'est pas que je ne veux pas parler de moi-même, dit Jonah, la voix calme, même si Adam sentait une source de tension sous-jacente. C'est juste que je ne me souviens pas. Je ne me souviens de rien.

Chapitre Treize

ADAM le fixa, complètement perdu.

— Je ne me souviens pas de la manière dont je suis arrivé ici. De ce que j'ai fait avant ça. Je ne me souviens même pas de mon nom.

Il avait pris le prénom de Jonah parce qu'il lui paraissait bien. Il était presque sûr que ce n'était pas son vrai nom, cependant.

— Je me suis réveillé à Punta Cana il y a dix ans, dit Jonah, en faisant de son mieux pour expliquer ce qu'il savait être absurde. Sans pièce d'identité. Sans rien d'autre que les vêtements sur mon dos. Ou ce qu'il en restait.

Adam se frotta la bouche et fronça les sourcils.

— Bordel. Je croyais que ça n'arrivait que dans les films.

— Tu me crois ?

— Pourquoi pas ? répliqua Adam. Même si je n'ai jamais rencontré des personnes souffrant d'amnésie avant.

— Je sais que ça a l'air fou.

Cela l'était peut-être.

— C'est pour ça que tu ne me l'as pas dit avant ? demanda Adam. Tu croyais que je penserais que tu étais bon à enfermer ?

— Oui.

Ce n'était pas toute la vérité. Il avait l'impression que quelque chose le poursuivait depuis qu'il s'était réveillé. Un truc mauvais. Douloureux. Il savait que cela n'avait pas de sens. Il était plus simple de se concentrer sur l'explication facile.

Adam sembla y réfléchir, mais il n'insista pas auprès de Jonah.

— Qu'ont dit les médecins ?

— Je ne suis jamais allé chez un médecin.

Il les avait évités à tout prix. Lorene lui avait dit que c'était parce qu'il ne voulait pas se souvenir. Elle avait raison.

— Oh.

Il y eut une longue pause, puis Adam demanda :

— As-tu essayé de savoir qui tu es ?

Une sacrément bonne question. Incroyablement difficile.

— J'ai essayé.

Il l'avait fait, au début. En quelque sorte. Il avait tenté quelques fois de fouiller, mais la tension dans son estomac s'était accrue à chaque question qu'il se posait. Chaque fois qu'il essayait de se souvenir, il se retrouvait avec le pire des maux de tête ou d'autres cauchemars. Plus de douleur. Plus de peur. Plus de raisons de croire qu'il ne voulait pas découvrir la vérité. Plus de raisons pour profiter de sa nouvelle vie et laisser l'ancienne à sa place dans le passé. Enterrée. Alors, finalement, il avait décidé de laisser tomber. Il se disait que si son passé était vraiment important, il lui reviendrait. Il était heureux sans lui. Il avait cessé de se poser des questions et se concentrait sur ce qu'il savait. Ça fonctionnait, la plupart du temps.

— Personne ne t'a recherché ?

Jonah secoua la tête.

— Ce n'est pas comme si je m'étais caché.

Lorene avait suggéré qu'ils contactent le journal local et leur demande de publier un article sur lui. « Peut-être que quelqu'un le lira », avait-elle dit.

Mais il ne voulait pas chercher les ennuis. Il avait peut-être perdu la mémoire, mais il avait toujours son bon sens.

— Tu veux en parler ? demanda Adam avec hésitation. Parce qu'on peut faire comme si cette conversation n'avait jamais eu lieu.

— Non. Ce n'est pas grave. Vraiment.

Jonah voulait en parler. Il n'avait jamais ressenti ce besoin auparavant, mais quelque chose dans la façon dont Adam l'écoutait sans le juger le mettait à l'aise.

— Il y a des jours où je suis si frustré avec moi-même que je ne peux pas le supporter.

— Je n'avais pas réalisé… je suis vraiment désolé.

Jonah prit la main d'Adam et la serra, puis il se pencha pour un baiser.

— On se rassoit ? suggéra Adam.

— Bien sûr.

Il ramena Jonah à la couverture et ils restèrent assis en silence pendant quelques minutes. Puis Adam se rapprocha, posa ses mains sur les épaules de son compagnon et commença à les masser.

— Ça va mieux ? demanda-t-il.

— Oui. Merci, dit Jonah

Il soupira tandis qu'Adam continuait à faire disparaître la tension de ses épaules.

— Bon sang, ça fait du bien, ajouta-t-il.

— Bien.

— Il n'y a pas grand-chose à dire, dit Jonah au bout de quelques minutes.

Il se sentait un peu mieux et le sentiment d'angoisse qui le rongeait s'atténuait un peu plus à chaque mouvement des mains d'Adam.

— Je me suis réveillé sur une plage, il y a dix ans, continua-t-il. Lorene, une femme de Punta Cana, m'a trouvé. Je suis resté avec elle quelques années. Au début, j'étais obsédé par le fait de ne pas me souvenir. Je restais assis pendant des heures et j'essayais de me souvenir. J'avais des maux de tête qui duraient des jours. Un jour, j'ai décidé que cela ne faisait aucune différence. J'aimais où j'étais.

— Tu es peut-être quelqu'un de célèbre, plaisanta Adam.

— Oui, c'est ça.

— On ne sait jamais.

Il lâcha les épaules de Jonah et s'assit à nouveau à ses côtés.

— Ai-je l'air d'une célébrité ?

— Peut-être une star de cinéma, dit Adam en l'embrassant, puis soutenant son regard.

— D'accord.

64

Mais la façon dont Adam le regardait lui donnait l'impression d'être spécial.

— Humm. Voyons voir…

Adam retira un peu de sable de son pied et s'allongea sur la couverture.

— Tu es trop vieux pour être Howard Hughes, poursuivit-il en souriant.

— Ou Jimmy Hoffa.

Jonah roula sur le flanc afin de poser sa tête sur la poitrine d'Adam.

— Ça donne un nouveau sens à « être bouffé par les poissons ».

— En plus, cela ne ferait pas de moi un centenaire ?

— D'accord, d'accord, dit Adam en caressant les cheveux de Jonah. Et Jackson Roth ? Il aurait probablement à peu près ton âge.

Jonah rit.

— Tu veux dire le prince noir de la Silicon Valley ? Le fondateur de ton ennemi juré ?

— Entech n'est pas mon ennemi juré, protesta Adam. C'est plutôt comme une épine dans mon pied.

— Ce serait parfait, de toute façon, n'est-ce pas ? J'agite ma baguette magique et Entech laisse ta famille en paix.

Si seulement il pouvait faire cela. Mais Adam était talentueux et attentif ; il allait s'en sortir tout seul.

— Pouf, tu es une grenouille.

Jonah leva la tête et haussa les sourcils en guise de réprimande.

— Tu as trop bu.

— J'ai bu une bière, il y a plus d'une heure, protesta Adam. En plus, à la fac, trois bières, c'était un échauffement.

— Je suppose qu'il s'est passé quelques années depuis.

— J'aurai trente ans dans quelques mois, soupira Adam.

Puis il rit à nouveau.

— Tu as peut-être perdu la mémoire parce que tu ne voulais pas te souvenir de ton âge, ajouta-t-il.

Puis il embrassa Jonah.

— Je suis sûr que je suis vieux, dit ce dernier dès que leurs lèvres se furent séparées, heureux de retomber dans leurs plaisanteries ludiques et de s'éloigner des sujets plus sérieux. Soixante, peut-être soixante-dix ans ?

— Tes cheveux sont blonds, pas gris, souligna Adam. Mais encore une fois…

Il traça du bout des doigts l'endroit où les premières pattes-d'oie avaient commencé à se former.

Jonah soupira et ferma les yeux en réponse.

— Lorene a dit que j'avais l'air d'un étudiant lorsqu'elle m'a trouvé. J'ai mis vingt-quatre ans sur les documents de travail qu'une de ses amies m'a aidé à obtenir. Je suppose que ça veut dire que je suis plus vieux que toi.

— J'aime les hommes plus âgés.

— Vraiment ? dit Jonah en agitant ses sourcils.

Il embrassa Adam puis se fraya un chemin dans son cou avec ses lèvres et sa langue.

Pour la première fois depuis qu'il avait rencontré cet homme, Jonah ressentait une sensation imminente de perte. Adam rentrerait chez lui le lendemain.

Et je serai toujours ici au paradis.

D'une certaine façon, son petit coin de paradis n'avait plus l'air aussi attrayant qu'avant.

Chapitre Quatorze

LA main d'Adam tremblait alors qu'il se rasait et il faillit se couper le nez.

Reprends-toi. Rien n'a changé. Mais tout avait changé et il partait le lendemain. Jonah arriverait dans une demi-heure. Dans sa chambre. Ils n'avaient nulle part où aller. Pas de distractions. Pas de travail. Rien que tous les deux. Seuls.

— Tu dînes avec moi ce soir ? avait demandé Adam lorsqu'ils avaient décidé qu'ils étaient trop fatigués pour rester en ville et manger. En secret. Dans ma chambre ? Je n'ai utilisé le balcon qu'une seule fois. C'est assez privé.

— Tu es sûr ? demanda Jonah.

Adam n'était pas sûr que ce soit parce qu'il savait ce qui pourrait arriver après le dîner ou qu'il soit reconnaissant envers lui de le croire.

Quelle que soit la raison, il voulait que Jonah vienne.

— Je suis sûr.

— Très bien.

Le sourire de Jonah était timide, mais Adam lui caressa la main.

— Peu importe si tu ne te souviens pas d'où tu viens, dit-il honnêtement à Jonah. Je ne peux pas dire que ce n'est pas la chose la plus étrange que je n'ai jamais entendue, mais à la fin, c'est sans importance.

— Je suis désolé que nous n'ayons finalement pas mangé de tostones au Caribe's aujourd'hui.

— Ne le sois pas. J'ai passé un bon moment.

— Moi aussi, assura Jonah en hochant la tête.

— Vingt heures chez moi ?

— Seulement si tu me laisses apporter la nourriture. Le chef m'en doit une, dit Jonah avec un clin d'œil.

— D'accord. Je vais m'occuper du vin.

— On se revoit tout à l'heure, alors, dit-il en prenant la main d'Adam en souriant.

Le sourire atteignit ses yeux, cette fois-ci, où il s'installa dans ses pattes-d'oie et donna à leur bleu, la couleur de l'océan.

Adam savait ce qu'il voulait ce soir. Peu importait qu'il parte le lendemain. Peu importait qu'il ne revoie jamais Jonah. Il voulait cet homme. Il avait besoin de lui. Il le voulait afin de terminer la semaine incroyable avec quelque chose d'aussi incroyable. Il espérait que Jonah avait le même sentiment.

JONAH se sentait nerveux alors qu'il était dans l'ascenseur montant à la chambre d'Adam avec le chariot du room service. Une bonne nervosité. La journée avait été excellente. Mieux que ça. Il n'avait jamais eu le courage de dire la vérité à qui que ce soit depuis qu'il l'avait avouée à Lorene. Mais aujourd'hui, il l'avait dit à Adam et celui-ci avait cru à son histoire de fou. C'était tellement bon d'être honnête qu'il sautillait sur place lorsqu'il frappa à la porte.

La porte s'ouvrit un instant plus tard et Adam le traîna à l'intérieur sans un mot. Avant que Jonah puisse dire quoi que ce soit, son compagnon l'embrassa. Un doux baiser porteur d'une promesse de tant d'autres choses. Jonah se força à s'éloigner, puis il se replia dans le couloir afin de récupérer le chariot.

— Dîner, annonça-t-il en faisant rouler le chariot à l'intérieur.

Adam ferma la porte et la verrouilla.

— J'aurais bien apporté des fleurs, mais cela aurait pu rendre les gens suspicieux, continua Jonah. Je suis sûr que le chef André a deviné pourquoi je lui ai demandé ces plats, mais il est discret.

— Merci.

Pour la première fois de la soirée, Jonah vit bien Adam. Il portait une chemise à manches courtes en soie verte qui donnait un ton presque cuivré au brun de ses yeux et un jean qui lui allait comme un gant. Il était magnifique. Une semaine au soleil de l'île avait fait prendre une couleur miel à sa peau pâle.

— Tu es beaucoup plus appétissant que n'importe quel dîner, chuchota Jonah en prenant le menton d'Adam dans la paume de sa main.

— Je pourrais dire la même chose de toi, répliqua ce dernier en souriant.

Jonah portait son clou en diamant et sa seule chemise sans le logo de l'hôtel. Il l'avait achetée sur un coup de tête la dernière fois qu'il s'était rendu à Punta Cana, mais il n'avait jamais trouvé le bon moment ou le bon endroit pour la porter.

— C'est la couleur de tes yeux, lui avait dit Lorene lorsqu'elle l'avait encouragé à l'acheter.

Cette fois, ce fut Jonah qui embrassa Adam, Sauf que le baiser ne fut pas aussi chaste que le précédent. Il goûta sa bouche et inhala son parfum vif et pur. Il glissa sa langue entre les lèvres d'Adam et explora la surface lisse de ses dents, puis rencontra sa langue et dansa autour de celle-ci.

— Si bon, chuchota Jonah après le baiser.

— Tu peux le redire, dit Adam en soupirant de façon audible.

— Nous pourrions juste sauter le dîner, tu sais. Passer directement au dessert ?

Adam rit et secoua la tête.

— Non. Nous allons savourer notre repas sans interruption ce soir. Prendre notre temps.

— J'aime cette idée.

Même s'il désirait Adam, Jonah voulait aller lentement afin de savourer leur temps ensemble.

— Du vin, offrit Adam en soulevant la bouteille que Jonah avait apportée.

— J'en veux bien un verre.

Jonah le suivit sur le balcon où une table pour deux personnes avait été mise avec une nappe blanche, des assiettes en porcelaine, des couverts en argent et un centre de table floral.

Adam alluma les deux bougies de chaque côté des fleurs avec un léger sourire aux lèvres pendant que Jonah posait les plats sur la table. Parfaitement romantique.

— C'est plus facile de demander une table romantique pour deux si tu es un client, dit Adam. Bien que le concierge m'ait demandé deux fois si j'avais besoin d'eux pour préparer le dîner.

Il prit un tire-bouchon sur la table, ouvrit le vin et versa deux verres. Il en tendit un à Jonah et leva le sien.

— À n'importe quel karma qui m'a souri et a décidé que je méritais des vacances parfaites, dit-il.

— Au karma.

Jonah trinqua avec Adam, puis ils burent.

— Merci pour aujourd'hui, dit Adam. C'était vraiment merveilleux.

— Je pourrais dire la même chose. Et ça… tu t'es donné beaucoup de mal, ajouta Jonah en faisant un geste vers la table.

— Le personnel ici est merveilleux, répliqua Adam en haussant les épaules. Et ils n'ont posé aucune question.

— Je sais maintenant pourquoi les balcons sont un argument de vente. Ils sont vraiment privés.

Jonah se retourna et regarda les jardins. Le soleil avait commencé à se coucher, parant de sa lueur les arbres et les fleurs.

— J'ai toujours aimé ce moment de la journée, continua-t-il sans vraiment réfléchir. C'est paisible.

— C'est le meilleur moment pour être sur l'eau, dit Adam en posant sa main libre sur celle de son compagnon. Mon père nous emmenait pêcher tous les trois quand j'étais petit. Nous n'avons jamais attrapé grand-chose, mais les couchers de soleil étaient incroyables. Il n'en a jamais parlé, mais c'est ce que qui le poussait à essayer, même si nous n'avons jamais eu de poisson à manger. Ma mère appelait nos prises des sushis amuse-gueules.

Il rit à ce souvenir.

— On dirait que c'est ton père qui t'a fait découvrir l'océan, dit Jonah en imaginant un jeune Adam regardant au-dessus de l'eau avec à peu près la même expression qu'il avait maintenant.

— C'est lui qui m'a appris à l'aimer.

— Je ne m'en souviens pas, mais j'aime à penser que mon père a fait la même chose pour moi, dit Jonah, se sentant brusquement mélancolique. Je sais que ça peut paraître fou, mais parfois je me dis que c'est ce que je voulais. Je ne peux pas imaginer être plus heureux.

Il n'ajouta pas que la seule chose qui le rendrait plus heureux serait quelqu'un avec qui le partager. Il ne voulait pas culpabiliser Adam. Il voulait qu'il se souvienne de lui et de l'hôtel avec tendresse.

Adam but le reste de son verre, prit celui de Jonah qui était presque vide, puis il les posa sur la table.

— J'ai fini de boire ? plaisanta ce dernier en inclinant la tête, haussant des sourcils interrogateurs.

— Pas encore. Mais j'ai besoin d'autre chose que de l'alcool, répondit Adam.

Il glissa ses bras autour de la taille de Jonah et se rapprocha de lui. Il soutint son regard pendant un long moment, puis se pencha et rencontra ses lèvres.

Jonah l'enlaça, ferma les yeux et se laissa aller au plaisir de la proximité d'Adam. Tout chez cet homme l'intriguait, de son sens aigu des affaires à son cœur étonnamment ouvert. Peut-être qu'il y avait quelque chose dans l'amour de son compagnon pour sa famille qui attirait Jonah vers lui. Ou c'était peut-être la volonté d'Adam de partager ses pensées et ses émotions qui, d'une manière ou d'une autre, compensait sa propre incapacité à faire la même chose. Cela n'avait pas d'importance. *Ce moment est tout ce qui compte.*

— Tu as si bon goût, gémit-il alors qu'ils se séparaient afin de respirer tous les deux.

— Je ne sais pas si c'est toi ou le vin, dit Adam, son sourire démentant ses paroles. Je crois qu'il faut que je te goûte à nouveau.

— Je ne me plaindrai pas.

Le baiser d'Adam fut plus insistant qu'auparavant et ses mains trouvèrent les globes fessiers de Jonah cette fois-ci et les pétrirent jusqu'à ce qu'il suffoque de plaisir.

— À ce rythme, je vais me transformer en flaque sur le sol.

— Dîner ?

— Dîner, s'il te plaît, ou je ne pourrais plus penser clairement.

Le repas ne l'aiderait peut-être pas, mais son esprit et son corps arrêteraient momentanément d'imaginer ce qui arriverait après.

— Nous sommes deux dans le même cas, dit Adam après qu'ils se furent assis.

Jonah souleva le couvercle de son assiette pour révéler une belle variété de légumes miniatures, des pommes de terre nouvelles et un joli morceau de poisson.

— C'est peut-être un peu froid, mais le chef m'a assuré que cela aurait encore bon goût.

— Du mérou, dit Adam. Je pense que c'est mon poisson préféré.

— Tu n'es pas le seul, assura Jonah.

Il souleva un morceau de poisson et soupira en le posant sur sa langue.

— Je suis gâté, admit-il. Manger des repas cinq étoiles dans les restaurants d'ici est l'un des meilleurs avantages du travail.

Ils mangèrent en silence pendant plusieurs minutes. Jonah savourait la compagnie autant que la nourriture. Probablement plus. Il imagina des repas comme celui-ci avec Adam, tous les jours, puis il se moqua de lui-même pour cette autre pensée romantique exagérée. Pourquoi se sentait-il étourdi comme un écolier ? Cela ne lui ressemblait pas. Mais c'était là : le sentiment accablant d'anticipation. L'exaltation.

— Nous avons de bons poissons chez moi, mais rien de tel, soupira Adam en mâchant avant de poser sa fourchette et remplir à nouveau leurs verres.

— Je pensais m'en lasser, mais ce n'est pas encore arrivé. Mais personne ne fait aussi bien le poisson que Lorene, ajouta-t-il.

— Parle-moi d'elle.

— Lorene ? À part le fait qu'elle m'a sauvé la vie lorsqu'elle m'a recueilli il y a dix ans ? Elle a été une bouée de sauvetage pour moi. Un refuge sûr lorsque tout devient trop fou.

Jonah contempla le poisson avant de continuer.

— J'aurais probablement perdu l'esprit si elle n'avait pas été si patiente avec moi.

— Je ne peux même pas imaginer me réveiller sans me souvenir de, qui j'étais.

— Certains jours, j'ai failli devenir fou en me forçant à me souvenir. Ça faisait mal. C'était vraiment douloureux. Comme si ma tête allait exploser.

Cela lui avait fait vraiment peur.

— *Calme-toi, chéri, l'implora Lorene. Tout va bien se passer. Tu n'as pas besoin de te souvenir.*

— *Je dois me souvenir. Si je ne…*

— *Si tu ne le fais pas alors, quoi ? demanda-t-elle avec son sourire malicieux. Tu disparaîtras ?*

— *C'est ce que je ressens, parfois, admit-il.*

Elle l'embrassa et lui parla doucement à l'oreille.

— *Tu ne disparaîtras pas, je suis là. Je te tiendrai jusqu'à ce que tu n'aies plus besoin de moi.*

Le souvenir de sa voix le calmait, même maintenant. Il l'appelait certains jours, simplement pour l'entendre parler et ce qui au fond de son esprit le faisait douter de lui-même battait en retraite et se taisait.

— Je fais des rêves. Je me demande parfois si ce sont des souvenirs. Je me souviens que j'ai rêvé, mais lorsque je me réveille, c'est fini.

Adam se leva et se dirigea vers Jonah, puis il commença doucement à lui masser les épaules. Jonah se pencha sous la caresse et songea à créer de nouveaux souvenirs. *Quoi qu'il arrive, je ne t'oublierai pas, Adam.*

— C'est agréable.

— Tu es plutôt tendu, souligna Adam.

— Aïe !

— Désolé. Je ne voulais pas…

— C'est un bon aïe, assura Jonah en riant. Vraiment.

— Penche ta tête en avant et essaye de relâcher la tension dans ton cou, dit Adam.

— Je peux trouver un meilleur moyen de soulager la tension.

— Ah oui ? reprit Adam en jouant le jeu.

— Mmm, Hmm, marmonna Jonah en se dégageant des doigts puissants de son compagnon et se tournant face à lui. Cela implique d'autres parties du corps.

— Oh ?

— Oui, affirma Jonah en passant un seul doigt sur les lèvres d'Adam. Comme celles-ci.

Il l'embrassa.

— D'autres parties ?

— Voyons voir, dit-il en déboutonnant la chemise d'Adam.

Lorsqu'il eut terminé, il passa un doigt depuis le creux à la base du cou d'Adam jusque sur son torse puis sa taille.

— Tout ça aussi, ajouta-t-il.

— Autre chose ? demanda Adam, luttant clairement pour garder les yeux ouverts.

—Ceci, dit Jonah en traçant un cercle paresseux autour d'un mamelon rose, puis de l'autre. Et ça.

Adam soupira et son souffle chatouilla la joue de Jonah.

—Oui. Ceux-là.

Jonah réprima un sourire et commença à lécher le bourgeon dur, attendant d'entendre le souffle de son compagnon se coincer pour le prendre entre ses dents. Il tira et suça alternativement, ne s'arrêtant que pour capter les bruits du plaisir.

Adam pencha la tête en arrière, révélant l'étendue appétissante de la peau délicate sous sa mâchoire. Trop tentant. Jonah soutint la tête d'Adam d'une main et commença à lécher et à embrasser son cou tout en pinçant son mamelon.

—Bon sang, siffla celui-ci. Je ne suis pas sûr que tu sois encore en train de soulager la tension.

—Non ? dit Jonah en remontant pour respirer. Je pourrais arrêter si ça te dérange.

—Merde, non. J'aime être noué par toi.

—J'aime aussi cette idée, se moqua Jonah et il sentit les vibrations lorsqu'Adam lui répondit en riant. Mais nous devrions probablement aller à l'intérieur.

Le balcon n'était pas assez privé pour ce qu'il voulait lui faire.

Une fois à l'intérieur, il continua à se frayer un chemin sur la peau d'Adam, s'arrêtant afin de grignoter un lobe d'oreille, puis continuant sa route vers l'autre et lui accorder la même attention. Pendant tout ce temps, Adam haletait et le pouls dans son cou accélérait son rythme.

Sa question, non formulée, à savoir combien de temps Adam pouvait rester immobile, reçut une réponse lorsque celui-ci grogna et prit le visage de Jonah entre ses mains en se levant. Il embrassa Jonah et le poussa en arrière jusqu'à ce qu'il l'épingle contre le mur, ses lèvres contre les siennes.

Jonah aimait être contrôlé autant qu'il aimait être celui qui contrôlait.

Adam dut le sentir, parce qu'il prit les mains de Jonah et les tint au-dessus de sa tête, glissant son autre main sous sa chemise.

—Versatile, chuchota-t-il à l'oreille de Jonah.

—Totalement… ah… oh, merde. Je ne me plains pas, parvint-il à haleter.

Adam éclata de rire et relâcha les bras de Jonah.

—Ce serait beaucoup plus facile si j'avais un meilleur accès.

Il déboutonna lentement la chemise de Jonah, s'arrêtant de temps en temps pour goûter sa peau.

— Mieux ? demanda celui-ci.

— Incroyablement mieux, répondit Adam en repoussant la chemise qui flotta sans bruit sur le sol.

— Ce n'est pas juste, dit Jonah.

Il enleva la chemise d'Adam afin qu'ils soient nus tous les deux à partir de la taille. Il tendit la main et attira son compagnon vers lui, peau contre peau, et le serra contre lui pendant un long moment.

— Une nette amélioration, dit-il ensuite.

— Je pense que je peux mieux faire.

— Oh ?

Jonah haussa un sourcil.

— Oui, répliqua Adam en défaisant sa ceinture puis, déboutonnant et ouvrant sa braguette.

Jonah ôta ses chaussures et retira son pantalon. Son boxer ne laissait pas beaucoup de place à l'imagination.

— Pas encore assez bien, dit Adam après l'avoir regardé de la tête aux pieds et lui avoir fait des gestes afin qu'il se retourne.

— Oh ?

Il s'arrêta quand ses fesses se retrouvèrent vers Adam, puis il descendit lentement son sous-vêtement, ajoutant un mouvement suggestif pour obtenir un effet.

— Allumeur.

— Tu te plains ?

— Bien sûr que non. En fait, je suis parfaitement heureux de regarder la vue.

Jonah finit d'ôter son boxer et se tourna vers Adam, complètement et allègrement nu. Il n'avait jamais été terriblement gêné, même s'il ne s'était jamais trouvé particulièrement séduisant. Adam semblait plus que satisfait de la vue et c'était ce qui comptait le plus pour lui.

— Mieux ? demanda-t-il.

— Définitivement.

— Ce serait encore mieux si tu te débarrassais du reste de tes vêtements, dit Jonah en glissant un doigt sous la ceinture du jean de son compagnon.

— Je pourrais faire ça, dit Adam en souriant. Bien sûr, tu pourrais m'aider à les enlever.

Jonah le débarrassa rapidement de son jean. Il frotta de la main le sexe d'Adam sous le tissu doux, heureux d'entendre le léger gémissement en réponse. Il se mit à genoux et palpa ses fesses avant de frotter sa bouche sur la verge devant lui, qu'il sentit durcir encore plus.

— Bon, murmura Adam, d'une voix rauque et grave.

Jonah tira l'arrière du sous-vêtement vers le bas afin d'exposer la peau d'Adam, puis tira sur le devant avec ses dents afin que le caleçon glisse vers le bas.

— Là, c'est beaucoup mieux.

Jonah prit le sexe d'Adam dans sa bouche, dès que celui-ci eut grogné son approbation. Son amant cria de plaisir, clairement pris par surprise. Jonah sourit, mais ne le relâcha pas. À la place, il fit courir sa langue en dessous et explora la longueur avec des lèvres avides.

Contrairement à lui, Adam n'était pas circoncis. Long et mince, mais charnu. Un peu comme l'homme lui-même. Jonah le saisit à la base, puis repoussa son prépuce avec ses lèvres, prenant un moment pour goûter la perle de liquide pré séminal qu'il trouva en dessous, à la fois salée et douce.

— Jonah…, dit Adam comme s'il avait l'intention d'ajouter quelque chose, mais que ses pensées avaient disparu avec l'assaut de la bouche de son amant.

Celui-ci se déplaça lentement vers le bas jusqu'à ce qu'il ait pris Adam aussi loin qu'il le pouvait et serra sa main sur la base de la hampe afin de maintenir la pression à l'endroit que ses lèvres ne pouvaient pas atteindre. Il prit ses testicules lourds, sentant la peau fraîche et plissée dans sa paume lisse, puis les fit rouler en rythme avec sa bouche qui s'activait de haut en bas.

Jonah couvrit ses dents avec ses lèvres et suça plus fort le sexe d'Adam, augmentant de fait le tempo. Adam posa ses mains sur les épaules de Jonah, enfonçant ses doigts dans ses muscles pendant que son amant faisait monter sa tension à son paroxysme. Jonah était silencieusement déterminé à faire jouir Adam, utilisant sa langue pour sonder la fente sensible avant de descendre encore et encore.

Les jambes d'Adam tremblaient. Ses halètements et gémissements rendaient Jonah de plus en plus dur. Il savoura l'intensité croissante de son désir. Il s'intensifiait grâce au frisson de la satisfaction différée.

— Jonah, merde, ne t'arrête pas, supplia Adam.

Jonah avait déjà décidé qu'il voulait goûter Adam, aussi lorsque son amant jouit et que sa semence chaude et épaisse atterrit dans sa bouche, il gémit de plaisir. Il avala, aspirant chaque goutte avec un abandon gourmand et le lécha pour le nettoyer pendant que son corps continuait à trembler.

Il se leva lorsqu'il eut fini et embrassa Adam, lui permettant de se goûter et de frissonner tandis que les doigts de son compagnon caressaient sa colonne vertébrale.

— Sur le lit ? demanda Adam en reculant contre le bord du matelas.

Jonah le poussa et il tomba en arrière sur les couvertures. Il chevaucha Adam et ne fit rien d'autre que le fixer pendant ce qui sembla être un long moment. Un geste qui aurait pu être gênant, mais qui était étonnamment confortable. Les profondeurs des yeux d'Adam contenaient une mer d'émotions que Jonah n'arrivait pas à appréhender complètement, mais qui le laissait avec un sentiment imminent de perte.

Arrête ça. Concentre-toi sur l'instant présent. C'est tout ce qui compte.

Il se pencha et lécha le contour d'un mamelon avant de le prendre dans sa bouche et de le presser entre ses dents et sa langue. Il fit la même chose avec l'autre, puis il repoussa une mèche errante sur le front d'Adam.

— Que veux-tu ?

— Je te veux en moi. Je veux voir ton visage lorsque tu jouiras. Je veux que tu me baises.

Les mots fusèrent directement dans le membre de Jonah. Il avait désiré la même chose, lui aussi, mais il ne connaissait pas assez l'autre homme pour présumer qu'il le souhaiterait également.

— Reste là, dit-il à Adam.

— Comme si j'allais bouger, répliqua Adam en riant.

Jonah glissa du lit, attrapa un préservatif et du lubrifiant dans le pantalon qu'il avait jeté. Il croisa le regard de son compagnon avant de remonter sur le lit. Il enduisit ses doigts et écarta les jambes d'Adam. Il se glissa entre elles afin d'y trouver l'ouverture étroite.

— Juste… comme… ça, dit Adam quand le doigt de Jonah le força avant de s'enfoncer un plus lorsqu'Adam poussa contre la pression.

Une fois à l'intérieur, Jonah étira doucement les muscles extérieurs, puis il explora plus profondément jusqu'à ce que son amant gémisse plus fort. Il se retira et se concentra une fois de plus sur les muscles avant de revenir vers ce plaisir à l'intérieur qui faisait se tortiller Adam sous lui.

Il ne vit aucune trace de gêne dans le regard intense d'Adam. Il aimait le fait que son compagnon semble à l'aise dans sa peau et qu'il réponde vocalement à chaque nouvelle sensation. Il aima aussi qu'Adam lèche sa propre main et continue à le caresser.

Une merveilleuse distraction.

Il enfonça un deuxième doigt en Adam, puis un troisième, s'assurant de caresser suffisamment la prostate pour provoquer un gémissement ou un halètement. Adam était presque à nouveau dur.

— J'attends, dit Adam avec une esquisse de sourire sur ses lèvres.

Jonah sortit le préservatif de l'emballage, mais Adam le lui prit et le déroula sur son sexe. Il en profita pour effectuer des mouvements de ciseaux avec ses doigts, faisant bégayer son compagnon, dont les yeux se révulsèrent, ce qui interrompit la mise en place du préservatif.

— Tu es vraiment un allumeur, tu sais, dit Adam.

Puis il haleta de nouveau lorsque Jonah retira ses doigts et pressa sa verge contre son intimité.

— Je suppose que tu ne te plains pas.

Il gronda en passant le premier anneau de muscles et attendit que l'expression tendue d'Adam s'apaise.

— Pas… du tout.

Jonah se fraya un chemin, tout du long, à l'intérieur alors qu'Adam serrait ses biceps.

— Merde, c'est super bon, dit-il.

Il commença à bouger, lentement au début, jusqu'à ce que son compagnon se détende sous la pression. Il prit ensuite de la vitesse et ferma les yeux pour ressentir plus pleinement le plaisir et la chaleur du corps d'Adam.

Celui-ci le regardait lorsque Jonah ouvrit les yeux, ses émotions à nouveau visibles dans ses yeux bruns et chauds. Il se demanda ce que son compagnon voyait lorsqu'il regardait et espéra qu'un jour il aurait le courage de lui demander. Il était sûr de n'avoir jamais rencontré quelqu'un comme Adam, même s'il ne se souvenait pas de son propre passé. C'était fou de penser qu'il pourrait peut-être revoir cet homme.

Concentre-toi sur l'instant présent. Le reste peut attendre.

Jonah se pencha et n'eut d'autre choix que de se concentrer sur le beau visage d'Adam et la sensation de son corps à l'extérieur comme à l'intérieur. Adam garda son regard captif pendant que Jonah continuait à bouger, s'enfonçant plus profondément et plus lentement qu'avant, jusqu'à ce qu'il sache qu'il devait s'arrêter ou il sombrerait tête baissée dans l'orgasme.

— Fais-le, chuchota Adam. Il y aura du temps pour plus, plus tard.

Ses paroles libérèrent le dernier vestige du contrôle de Jonah. Il jouit dans un cri, criant le nom d'Adam et le serrant aussi près qu'il le pouvait.

Il ne se retira des bras d'Adam pour se rendre à la salle de bains que lorsque le préservatif menaça de renverser son contenu sur les draps. Il revint un moment plus tard et les recouvrit de couvertures, son corps satisfait, son esprit confus avec le sexe. Il attira Adam contre sa poitrine et soupira. Il ne s'était jamais senti aussi aimé.

Chapitre Quinze

LA brise traversant la fenêtre ouverte caressa la peau nue de Jonah, qui s'étira comme un chat, puis roula sur le côté et s'installa dans le creux du bras d'Adam.

— Crois-tu que quelqu'un le remarquera si je ne retourne jamais dans le monde réel ? demanda celui-ci en soupirant.

— Non.

Ils s'étaient assoupis après le deuxième round. Le ciel extérieur était encore sombre. Jonah se moquait de ne pas avoir dormi. Il dormirait une autre fois. Il voulait passer tout le temps possible éveillé et conscient de la présence d'Adam.

— J'aimerais que tu aies raison, dit Adam en riant.

— Moi aussi, je le veux.

— Je vais faire semblant. Au moins pour l'instant.

— Tu gardes ma place chaude une minute ? demanda Jonah en l'embrassant légèrement. J'ai oublié quelque chose.

— Je… bien sûr.

Adam le regarda d'un air interrogateur.

Jonah sourit et traversa la pièce jusqu'à l'endroit où son jean était tombé. Il l'attrapa et sortit un petit sac à cordon de la poche avant.

— Téléphone portable ? demanda Adam en s'asseyant.

— Je n'en ai pas, répondit Jonah en se glissant sous les couvertures. Je voulais te donner ça ce soir, mais tu étais si beau que j'ai complètement oublié.

Il donna l'anneau à Adam.

— Ce n'est pas grand-chose, mais je voulais que tu l'aies. Tu te souviendras peut-être de cet endroit lorsque tu le regarderas.

Tu te souviendras de moi.

Adam desserra le cordon et regarda à l'intérieur. Il sortit l'anneau en argent qu'ils avaient vu en ville et il la glissa à son doigt.

— Tu… tu n'aurais pas dû, dit-il d'une voix un peu tremblante. Merci. Il est magnifique.

— De rien.

Adam le rapprocha et l'embrassa. Jonah soupira de bonheur et enroula ses bras autour de lui. Depuis quand était-ce si confortable de tenir Adam ainsi ? Ils se connaissaient depuis une semaine à peine.

Ils finirent de s'embrasser et se remirent sous les couvertures, la tête d'Adam reposant sur la poitrine de Jonah. Il passa ses doigts dans les cheveux d'Adam. Le silence s'étira, mais c'était bien.

— À quoi penses-tu ?

— Que j'avais presque oublié Entech et Roger. C'est facile d'oublier lorsque tu me tiens comme ça dans tes bras.

ILS se réveillèrent quelques heures plus tard. Adam s'assit et se passa une main dans les cheveux.

— Je n'ai pas pris de cadeau pour Roger, dit-il en jetant un coup d'œil à l'anneau. J'imagine que je suis en colère contre lui. Je sais que ce n'est pas juste, mais…

— Ce que tu ressens n'est ni juste ni injuste, répliqua Jonah en enlaçant Adam, puis en l'embrassant sur l'épaule. Mais je pensais encore à ce que tu as dit. À propos du fait que ton frère était si peu disposé à t'écouter. Je pense…

— Tu n'arrêtes jamais, n'est-ce pas ? s'exclama Adam en riant.

Il se laissa tomber en arrière, les tirant tous les deux sur les draps. Il embrassa les cheveux de Jonah, un geste qui laissa ce dernier tout chaud. Heureux.

— Arrêter ?

— D'analyser les gens. Les choses.

Jonah supposa que c'était vrai.

— Est-ce un problème ? demanda-t-il, amusé.

— Pas pour moi. Mais tu dois être épuisé, parfois.

Jonah ferma les yeux et savoura la sensation de la peau douce sur des muscles durs.

— Peut-être.

Parfois, penser à d'autres personnes l'aidait à moins penser à lui-même.

— Peut-être ? répéta Adam en caressant doucement les cheveux de Jonah.

— Je ne me souviens pas avoir été épuisé. Je crois que je suis câblé comme ça. Mais si tu continues, je suis presque sûr que je ne pourrai rien analyser, gémit-il.

— Alors, je vais devoir continuer.

— Vas-y, dit-il avec un soupir. Je vais laisser mon cerveau se transformer en bouillie.

— Pourquoi penses-tu que Roger est si dur ? demanda Adam.

Jonah écouta le doux battement du cœur de son amant. Il pourrait rester ainsi. Détendu. Heureux. Dans les bras d'Adam.

— Je pense qu'il ne s'est jamais vraiment remis de la mort de ton père non plus.

— Tu as probablement raison, soupira Adam. Je n'ai pas été aussi compréhensif que je l'aurais dû.

— Parce que c'est douloureux

— Oui, dit Adam en serrant un peu plus fort Jonah. C'est comme si un jour nous avions une famille et ne l'avions plus le lendemain. Maman est en Floride. Roger nous évite tous. Je travaille comme un fou. Karen est la seule à comprendre que nous avons besoin de temps. Parfois, je m'imagine comment ce serait si mon père était encore là à me guider à travers toutes ces conneries.

— Alors peut-être que cette affaire avec Entech est une bénédiction déguisée, commenta Jonah. Cela t'aidera peut-être à recoller les morceaux de ta famille.

— Je n'y avais jamais réfléchi de cette manière. Tu as une excellente façon de voir les choses, dit Adam en riant. Mais tu sur analyses encore.

— J'accepte le compliment et on en reste là.

— D'accord.

Jonah ferma brièvement les yeux.

— Jonah ?

— Hum ?

— As-tu déjà réfléchi d'où tu venais ? demanda Adam.

— Ma famille, tu veux dire ?

— Je suppose. Ou quelque chose de plus simple. Comme dans quelle partie des États-Unis tu as grandi.

— Je ne sais même pas si je viens des États-Unis, souligna Jonah. Mais c'est probablement le cas.

— Alors, tu n'y penses pas.

— Non. D'où crois-tu que je vienne ? riposta Jonah.

Il ne savait pas pourquoi il avait demandé, mais il s'était brusquement senti troublé. *C'est juste un jeu. Détends-toi.*

— À mon tour de jouer ? dit Adam en riant.

— Pourquoi pas ?

— Hum… Ton accent est délicat, dit-il. Midwest. Tu fais ce truc marrant avec les O.

— Vraiment ?

Il avait raison. Jonah ne l'avait jamais remarqué jusqu'à maintenant. Pourquoi analysait-il tout le monde sauf lui-même ?

— Oui. Il est à peine discernable, mais je l'entends, affirma Adam avec un sourire en s'appuyant sur un coude.

— Le Midwest est assez vaste, souligna Jonah.

— D'accord, c'est juste. Laisse-moi réfléchir. Peut-être le Minnesota. Peut-être Chicago.

— D'accord.

Jonah n'en avait pas la moindre idée, et jusqu'à présent, il s'en moquait.

— Mais lequel ?

— Chicago, répondit Jonah si instinctivement qu'il en frissonna.

Il était sûr que c'était vrai, mais il ne comprenait pas comment. Cette pensée se transforma en un bref souvenir, assis dans le « L ³ » et regardant par la fenêtre alors que des flocons de neige commençaient à tomber

—... *Ta mère va s'inquiéter si nous ne rentrons pas bientôt à la maison, dit la voix d'un homme.*

Son estomac gronda son approbation alors qu'il imaginait l'odeur du Sauerbraten ⁴ de sa mère. Ses amis trouvaient cela dégoûtant, mais c'était son plat préféré. Il adorait les dîners du dimanche soir.

Le mal de tête survint rapidement, accompagné d'une vague de nausées. Jonah se frotta les coins intérieurs des yeux avec son pouce et son index.

— Ça va ? demanda Adam.

— Mal de tête.

L'estomac de Jonah se souleva. Il se leva rapidement du lit et se dirigea vers la salle de bains avant de vomir.

— Tu ne vas pas bien, constata Adam lorsque son compagnon eut vomi une seconde fois.

— C'est probablement le mérou.

Il sortit de la salle de bains en tremblant et commença à récupérer ses vêtements aux endroits où ils avaient atterri.

Merde. C'était une soirée géniale et maintenant il était malade ?

— Je suis vraiment désolé.

— Ne t'excuse pas, dit Adam, l'air inquiet. Veux-tu me laisser t'aider à retourner dans ta chambre ?

— Merci, mais ça va aller. Vraiment.

Il enfila son pantalon, faisant de son mieux pour ne pas inquiéter Adam plus qu'il ne l'avait déjà fait.

— Tu es sûr que ça va aller ?

— Certain, mentit Jonah.

Il avait besoin de partir d'ici maintenant et de retourner dans sa chambre avant de ne plus pouvoir bouger. Il avait l'impression que sa tête allait exploser et il commençait à voir des taches sombres comme s'il avait regardé une lumière trop longtemps.

3 Nom du métro de Chicago.

4 Le Sauerbraten est un plat allemand, à base de viande de bœuf, avec une sauce aigre-douce. C'est l'un des grands plats allemands, comparable par exemple au bœuf bourguignon ou au coq au vin dans la cuisine française.

Adam fronça les sourcils.

— Appelle-moi si tu as besoin de quoi que ce soit, dit-il. Je suis sérieux. D'accord ?

— D'accord. Merci.

Il devait juste rester calme une minute de plus et il s'en sortirait.

— Petit-déjeuner plus tard ? Je veux te voir avant que le taxi arrive.

— Petit-déjeuner, dit Adam, ses lèvres pressées l'une contre l'autre, sa légèreté disparue.

Jonah se força à sourire et se pencha pour embrasser son compagnon. Un baiser court et doux. Il allait s'évanouir s'il ne partait pas.

— Bonne nuit.

Il était sorti avant qu'Adam puisse répondre.

Chapitre Seize

JOHN trébucha dans sa chambre, appuya sur l'interrupteur, puis s'assit sur le bord du lit. Pourquoi n'arrêtait-il pas de trembler ? Il était sorti de la chambre d'Adam poursuivi par quoi ? Des fantômes ? Il prit de profondes inspirations et repoussa sa panique. Il ne voulait pas se souvenir. Il ne pouvait pas se souvenir. Se souvenir était douloureux.

Le bourdonnement dans son cerveau devint de plus en plus fort et la pièce tourna. Il avait tellement soif. Il devait aller chercher de l'eau. Il avait attrapé un rhume. Peut-être la grippe. Il se leva et se dirigea vers la salle de bains, mais tout devint noir à mi-chemin et il s'effondra à genoux sur le carrelage dur. La douleur sembla le ramener à la réalité pendant un moment, mais les voix devinrent si fortes qu'il ne pouvait plus s'entendre penser.

— Arrêtez, s'il vous plaît, supplia-t-il.

Mais les voix devinrent plus claires. Les échos des souvenirs devinrent solides. Il était de retour chez son père, un an avant sa mort. Il n'avait pas demandé ce qui n'allait pas. Il n'y avait pas de problèmes. Son père allait bien. Mais pourquoi était-il si pâle ?

— *Est-ce que c'est ce que tu veux ? demanda son père. De l'argent ?*

— *Je suis le PDG. Mon travail consiste à faire prospérer l'entreprise. C'est mon travail.*

Son père fronça les sourcils, ce qui creusa encore davantage ses rides entre ses yeux. Pas sous l'effet de la colère, mais de la tristesse.

— *Tu rêvais de créer quelque chose de tangible, de créer un nouveau monde où les gens pourraient fonder des communautés.*

— *J'étais un enfant. Je ne savais pas...*

— *Tu as vingt-trois ans. Comment sais-tu ce que tu veux ?*

— *Je ne suis pas un enfant. J'ai des responsabilités. Des gens qui comptent sur moi. Six mille employés. Des actionnaires. Ils m'observent. Ils s'attendent à ce que je fasse croître l'entreprise, protesta Jackson.*

— *Et ensuite quoi ? Tu vires des hommes bien comme Walter ? Des hommes qui t'ont aidé à arriver là où tu es ? En quoi est-ce responsable ?*

— *Il ne se donnait pas à fond. Je lui ai parlé à plusieurs reprises des chiffres de vente. Il est déconnecté. Il faut faire vite dans ce métier. Restez au courant de tout.*

Pourquoi son père ne comprenait-il pas que licencier Walter n'avait pas été une décision personnelle ? C'était ce qu'il y avait de mieux pour l'entreprise.

— *Sa femme est morte d'un cancer il y a deux mois. Ils étaient mariés depuis près de trente ans. Il a besoin de temps pour faire son deuil. Je ne pensais pas pouvoir continuer lorsque ta mère est morte, expliqua son père, ses yeux pleins de larmes.*

— *Ce n'est pas la même chose. Je ne suis pas son fils, je suis son patron. C'est sur moi qu'ils comptent pour faire tourner l'affaire.*

— *Tu t'es perdu en chemin, Jackie.*

— *Tu ne comprends pas, protesta-t-il, sachant que son père ne céderait pas, mais se sentant obligé de s'expliquer. C'est différent maintenant. Plus important. Plus compliqué.*

— *Je comprends, assura son père, les sourcils froncés, ses yeux brillants à nouveau de tristesse malgré tout. Gérer une entreprise n'est pas facile. C'est encore plus difficile de l'administrer d'une manière éthique. Mais tu es plus que capable de...*

— *Je réponds aux actionnaires et au conseil d'administration. Ce n'est pas une question d'éthique.*

— Je crois que nous en avons fini ici, fiston, dit son père en secouant la tête. Peut-être qu'un jour, tu comprendras.

Il ne voulait pas que cela reste ainsi entre eux. Il voulait que son père comprenne qu'il faisait de son mieux. Qu'il avait réussi.

— Papa, je...

— Je t'aime. Mais je ne supporte pas ce que tu fais, l'interrompit son père avec un sourire triste. Porte-toi bien.

L'estomac de Jonah se crispa lorsque son père sortit de la pièce.

*— **MONSIEUR** Roth, dit son assistante.*

Pourquoi diable interrompait-elle sa réunion ? Il devait approuver la nouvelle campagne publicitaire.

— Votre tante vient d'appeler. Votre père est à l'hôpital. Ils pensent qu'il a fait une crise cardiaque.

— Non, s'écria Jonah en repoussant le souvenir.

Il ne voulait pas se souvenir. Il ne pouvait pas parce que s'il le faisait...

— Je suis vraiment désolé, monsieur Roth, lui dit l'infirmier à son arrivée à l'hôpital.

Il était arrivé aussi vite que possible. Il avait pris le jet de l'entreprise. Il aurait dû arriver à temps. Pourquoi n'était-il pas arrivé à temps ?

— Pardonne-moi.

Mais il n'y avait personne pour lui pardonner. Il était arrivé trop tard.

Tout ce qu'ils s'étaient dit, tout ce qu'il avait crié sous le coup de la colère, les années qu'ils avaient perdues parce qu'il était trop têtu pour ravaler sa fierté... Quelle différence cela faisait-il ?

Il avait assisté aux funérailles comme un somnambule, mais la culpabilité l'avait rongé jusqu'à ce que soit devenu trop dur à gérer.

Alors, il avait fui.

— Papa, dit-il, des larmes coulant sur ses joues. Je suis vraiment désolé.

— Je t'aime, Jackie.

La voix de son père. Mais il n'était pas Jackie.

— Tu m'as rendu si fier.

— Je t'aime, papa.

Il se souvenait à présent. Il s'était envolé directement pour Tortola après les funérailles. Il avait pris son petit voilier à la place du yacht avec équipage. Il avait navigué en solitaire, se dirigeant vers Puerto Rico et Culebra. Il y avait passé près d'un mois, puis il s'était de nouveau senti agité alors il était parti. Il avait ignoré les prévisions météorologiques. Le chagrin avait menacé de l'ensevelir totalement et il se rendait compte maintenant qu'il avait voulu mettre fin à tout cela, juste pour se sentir engourdi.

— *Je t'aime, Jackson. Mais je ne t'apprécie pas beaucoup en ce moment.*

Jonah se frotta les yeux et lutta pour reprendre son contrôle. Les larmes ne s'arrêtèrent pas. Il entendit la voix d'Adam lui parlant.

— Et Jackson Roth ? Il aurait probablement à peu près ton âge.

Jackson Roth avait disparu depuis dix ans. On présumait qu'il s'était noyé après le naufrage de son voilier au cours d'une tempête. Pas de corps.

Non, Ce n'est pas possible. Il était Jonah. Juste un homme. Un bon plongeur. Quelqu'un que les gens appréciaient. Facile à vivre. Gentil. Quelqu'un sans attaches. *Quelqu'un sans souvenirs.*

Il suffoqua pour respirer et sa vision se troubla. Il se leva et prit les clés de son scooter. Il devait rouler. Il avait besoin d'air frais ou il s'évanouirait.

Dehors, le soleil commençait à peine à colorer l'horizon en rose.

— *Encore en train de fuir ?*

La voix dans son esprit lui semblait familière, mais il l'ignora. Il jeta le casque dans les buissons. Il avait besoin de sentir le vent sans entraves, puis il tourna la clé. Un instant plus tard, il roulait à toute allure vers l'autoroute.

Chapitre Dix-sept

JONAH arriva à Punta Cana sous des nuages gris tempête qui obscurcissaient presque tout soupçon de couleur à l'horizon. Les averses étaient fréquentes à cette époque de l'année et elles convenaient très bien à son humeur.

Il traversa la cour clôturée en direction de la porte d'entrée de la maison en bardeaux. Plusieurs poules picoraient le sol. Elles avaient fini leur petit-déjeuner, mais en voulaient plus.

Il avait aidé Lorene à prendre soin des volatiles et à récupérer les œufs de leur poulailler délabré pendant près de deux ans. Une corvée simple qu'il avait aimée.

Il effaça le souvenir de sa mémoire et frappa à la porte d'entrée. Le bruit de pas sur un plancher en bois précéda le grincement de la porte d'entrée lorsqu'elle s'ouvrit.

— Jonah ?

Lorene n'avait pas changé, avec sa peau brune lisse, ses yeux doux et ses cheveux nattés poivre et sel effleurant ses épaules.

— Tu as une mine affreuse. Entre, entre.

— Désolé de te déranger, dit-il en se forçant à sourire alors qu'il la suivait à l'intérieur.

— Tu ne me déranges jamais, assura-t-elle en faisant un geste vers le canapé beige du salon. Assieds-toi. Je vais faire du thé.

— Merci, dit-il en jetant un coup d'œil autour de lui.

La petite maison était propre et nette comme toujours. Elle était exactement comme la dernière fois qu'il était venu rendre visite à son amie. Identique au jour où elle l'avait emmené ici, dix ans auparavant. Il se laissa tomber dans les coussins et fut surpris par le bruit de la porcelaine claquant sur la table basse en pierre un instant plus tard.

— Tu peux dormir, dit-elle.

Il secoua la tête. Il ne voulait pas rêver. Il ne voulait plus se souvenir de rien.

Elle lui tendit une tasse fumante et il la prit avec gourmandise, inhalant l'arôme doux et familier.

— Hibiscus, dit-il.

— Ton préféré. J'ai ajouté un peu de miel, comme tu l'aimes.

— Merci.

Il souffla pour refroidir le liquide. La vapeur sortait en vrilles de la tasse et il n'avait pas besoin de boire pour que le thé fasse son travail.

L'arôme seul dissipait la tension dans son corps, apaisait son esprit. Il prit quelques gorgées et sourit à la touche sucrée.

— Tu te sens mieux maintenant ? demanda Lorene, le regardant avec attention, son inquiétude visible dans l'accentuation des rides de son front.

Il haïssait cette expression

— Oui.

— Menteur, répliqua-t-elle en souriant alors qu'elle buvait son thé.

Son sourire était son premier souvenir. Elle l'avait trouvé sur la plage, brûlé par le soleil, la bouche pleine de sable. Il avait dû tomber du bateau lorsqu'il avait coulé dans la tempête.

— C'est possible, admit-il en souriant malgré lui.

Puis il but son thé.

— Je m'inquiétais pour toi, dit-elle en s'asseyant sur le canapé en face de lui.

— Je suis désolé de ne pas t'avoir appelée. La semaine était…

— Je m'en suis douté.

Il prit une autre gorgée, plus longue.

— Tu t'es souvenu de ton passé.

Elle attendit. Elle était infiniment patiente. Elle aurait pu lui demander s'il se souvenait de qui il était, mais elle ne le fit pas. Elle lui avait toujours dit que cela n'avait pas d'importance, qui il *pensait* être. Il était toujours lui-même. Il était presque sûr de ne pas aimer la personne qu'il avait été.

Il hocha la tête et regarda la vapeur s'élever de la tasse, serpenter vers le haut et disparaître.

— Je crois que oui.

— Tu crois ?

— Je ne me souviens pas de tout. Juste assez.

— Tu as peur.

Elle pouvait toujours lire dans ses pensées. Cela l'avait dérangé au début, mais il s'y était habitué depuis qu'il avait vécu dans son appartement mansardé. Il s'était aussi rendu compte qu'il était au moins aussi doué qu'elle pour lire les autres.

Il pensa à Adam, resté à l'hôtel. Il s'était comporté comme un enfoiré en le laissant seul après qu'ils avaient fait l'amour. Mais il n'avait pas voulu qu'Adam le voie se perdre. De plus, quand il aurait réalisé qu'il n'était pas vraiment Jonah, il se serait mis encore plus en colère.

— Je suis une merde.

Elle rit, ses innombrables rides bougeant et se transformant dans la faible luminosité.

— Bois ton thé.

— Tu te moques vraiment de ce que j'ai fait ?

Il aimait cela chez elle, sa façon de vivre dans le présent. C'était peut-être pour cette raison qu'il n'avait jamais perdu le contact avec elle. Pour cette raison qu'il l'appelait chaque semaine.

Toutes les semaines, sauf la précédente.

— Je te connais, Jonah, dit-elle. Cela me suffit.

— Mais…

— As-tu tué quelqu'un ? demanda-t-elle, son sourire démentant ses paroles.

— Non. Je ne crois pas, du moins. Je ne me souviens pas encore de tout.

— Voilà. Tu vois ?

Elle s'adossa aux coussins, les bras croisés.

— Tout est si simple pour toi.

— Vas-tu me dire ce qui s'est passé pour que tes souvenirs reviennent ? demanda-t-elle.

— Pourquoi penses-tu… ?

— On ne se souvient pas soudainement de faits d'il y a dix ans sans raison. Il s'est passé quelque chose. Je peux le voir sur ton visage.

Il pressa ses lèvres pour retenir un soupir.

— J'ai rencontré quelqu'un, dit-il après un long silence. Un homme.

— Et ?

— Je tiens vraiment à lui.

Plus que cela, probablement, mais il ne s'aventurerait pas dans cette voie. Pas maintenant

— Bien. Pourquoi n'est-il pas ici ?

— Quoi ?

— Tu t'attendais à ce que ça ne me soit pas égal que tu sois tombé amoureux d'un homme ?

Ce fut à son tour de rire.

— Non.

Ils n'en avaient jamais parlé, mais il était sûr qu'elle savait qu'il était gay. Il savait qu'elle s'en moquait et c'était suffisant.

— Alors, pourquoi n'est-il pas là ?

Parce qu'il me mépriserait. Parce qu'il me détesterait pour ce que ma société faisait à sa famille. Parce que qui croirait à une telle histoire d'amnésie ?

— Eh bien ?

Elle tapa du pied, la tête inclinée d'un côté.

— Je… je ne sais pas.

Ce n'était pas exactement un mensonge. Il ne savait pas vraiment quoi faire pour Adam.

— Nous ne nous connaissons que depuis une semaine, continua-t-il.

À peine assez de temps pour vraiment connaître quelqu'un. Le coup de foudre n'était pas dans son vocabulaire.

— J'ai connu mon mari un jour avant de décider de l'épouser, dit-elle triomphalement et sans vergogne.

Elle faisait tout ainsi et il l'admirait pour ça. Elle était forte, mais toujours gentille.

— Je ne suis pas comme toi.

— Tu l'es pleinement, tu sais.

Il ne réprima pas son soupir. Il le savoura. Cela faisait du bien de ne pas tout garder à l'intérieur, même s'il n'en laissait sortir qu'une petite partie.

— Que vas-tu faire ?

— Personne ne t'a jamais dit que tu posais trop de questions ? grogna-t-il.

— Tu devrais faire attention à tes manières avec une vieille femme, le réprimanda-t-elle. En plus, tu n'es pas venu ici parce que tu voulais que je sois d'accord avec tout ce que tu dis. Sauf si c'est ça ?

Il se frotta le visage et se mit à rire. À rire vraiment. Il essaya de s'arrêter, mais n'y arriva pas. C'était tellement ridicule, comment aurait-il pu ne pas rire ? Il ne pouvait même pas commencer à dire la vérité sans craquer. Qu'est-ce qu'il dirait ? « Je vaux plus que le PIB d'un petit pays » ? C'était tellement cliché que c'était complètement absurde. Ou « Je ne me souciais de rien d'autre que de gagner de l'argent » ? Ou devait-il dire qu'il ne s'était jamais soucié de personne d'autre que de lui-même ?

Brusquement, cela n'avait plus l'air drôle. Trop de questions et trop peu de réponses.

Il se frotta les yeux et les trouva mouillés de larmes. Il ne se souvenait pas avoir pleuré, mais il l'avait fait plus d'une fois au cours des dernières vingt-quatre heures.

Il pensa à Adam. À ce qu'il penserait de lui. Qu'il était le tyran qui menaçait sa famille. Le despote qui utilisait son frère contre lui. Peu importait qu'il n'ait rien à voir avec le désir d'acheter l'entreprise d'Adam ; c'était toujours sa propre société qui le voulait. Le même genre de conneries qu'il avait racontées pendant des années lorsqu'il la dirigeait lui-même. Lorsqu'il était Jackson Roth. L'un des hommes les plus riches du monde.

Oh, bon sang.

Il ne pouvait pas appeler Adam. Mais il pouvait arranger les choses.

Lorene se leva et lui serra l'épaule.

— Tu trouveras une solution. Je le sais.

— Tu ne m'as pas demandé qui j'étais, dit-il, sa voix se brisant.

— Je te connais depuis dix ans, Jonah. Je n'ai pas besoin de savoir qui tu étais. Tu me le diras lorsque tu seras prêt, si tu en ressens le besoin.

— Merci.

Il essuya le reste de ses larmes et s'émerveilla de voir qu'il se moquait qu'elle l'ait vu pleurer alors qu'avant, il lui aurait caché ses larmes.

— Tu n'es pas seul, dit-elle en ouvrant les bras.

Il n'hésita pas et se pencha vers elle, lui permettant de l'envelopper de sa chaleur et de son amour inconditionnel. Il se demanda s'il s'était senti ainsi avec sa mère lorsqu'il était enfant. Il espérait que cela avait été ainsi.

— Je ne veux pas me souvenir, dit-il en posant sa tête sur son épaule. Je ne veux pas me perdre.

LA lumière traversa la fenêtre, réveillant Jonah d'un profond sommeil. Il lui fallut un moment pour se rappeler où il se trouvait : la maison de Lorene. Il aurait aimé rester ici pour toujours.

— Bien dormi ? demanda Lorene avec un sourire.

— Oui, répondit-il en s'asseyant.

Ses cheveux détachés lui tombèrent dans les yeux. Il les peigna d'une main, puis récupéra l'élastique errant sur le canapé et les attacha en queue de cheval.

— Tu peux rester aussi longtemps que tu veux, dit-elle.

Une offre très tentante. Mais trop de souvenirs étaient revenus pour retourner dans ce lieu sûr. Les souvenirs le submergeaient à présent et il se noierait s'il ne faisait pas face à son passé.

Il se leva et l'embrassa sur la joue.

— Je ne te mérite pas. Mais merci.

Elle secoua la tête, mais ne le contredit pas.

— Puis-je utiliser ton téléphone ?

— Bien sûr.

— Je te rembourserai le coût.

— Tu n'as pas à…

— Je te rembourserai.

Pour tout.

— Ce n'est pas nécessaire.

Elle lui tendit son téléphone portable et le laissa seul.

Sa main trembla alors qu'il contemplait le téléphone. *Tu peux le faire.* Il prit une grande inspiration et composa le numéro de mémoire.

La ligne grésilla, puis la tonalité retentit. Il espérait presque que le numéro n'était plus attribué. Mais cela compliquerait beaucoup les choses.

Simple. C'est simple. Dis-lui juste la vérité.

— Allô ?

Jonah ouvrit les lèvres pour parler, mais les mots semblaient figés quelque part entre son cerveau et sa bouche.

— Allô ?

Dis quelque chose, bon sang !

— C'est un numéro privé. Si vous trouvez cela amusant, détrompez-vous. Je m'assurerai que ce numéro soit tracé et…

— Phil ?

Le silence régna pendant un moment à l'autre bout du fil. Un silence qui s'étendait comme le futur, inconnu. Alors…

— Jackie ? C'est toi ?

Chapitre Dix-huit

— **MONSIEUR** Roth, cria un journaliste alors que Jonah sortait de la zone sécurisée de l'aéroport afin de se rendre à l'aérogare principale. Est-il vrai que vous avez perdu la mémoire ? demanda-t-il en lui fourrant un micro dans le visage.

— Sans commentaire.

Il ne pouvait pas répondre aux questions. Pas aujourd'hui.

— Je ferai une déclaration plus tard, ajouta-t-il.

— Mais monsieur Roth, cria une femme par-dessus le cliquetis des caméras et le murmure des passagers curieux qui s'étaient arrêtés pour voir ce qui se passait, il faut...

— M. Roth tiendra une conférence de presse lorsqu'il sera prêt, dit Phil. Nous vous demandons d'être patients et de respecter sa vie privée. Il a beaucoup de choses à rattraper.

— Merci.

Jonah se força à sourire lorsque Phil marcha à côté de lui et le conduisit devant la foule vers une limousine qui attendait garée le long du trottoir.

— Je ne peux même pas imaginer ce que tu as dû faire pour me faire entrer aux USA sans passeport.

Phil haussa les épaules.

— C'est bon d'avoir des amis haut placés, dit-il en faisant un geste vers la porte ouverte de la limousine.

Ils s'installèrent en sécurité à l'intérieur du véhicule

— Mieux ? demanda Phil, ensuite.

— Oui, répondit Jonah en s'appuyant contre le siège, les yeux fermés, prenant ensuite une longue inspiration. Je m'attendais à ce que ce soit la folie, mais je n'étais pas prêt pour autant.

Phil lui jeta un long regard évaluateur. Jonah, non Jackie, était depuis longtemps le maître de la publicité et, là, il n'était pas préparé et n'était pas sûr de lui. *Dix ans loin des feux de la rampe. À quoi t'attendais-tu ?*

— De quoi te souviens-tu ? demanda-t-il enfin.

— Des bribes, admit Jonah. C'est un peu comme se souvenir d'un rêve après s'être réveillé.

— Tu te souviens de ce qui t'est arrivé ?

Jonah acquiesça.

— Après la mort de mon père, je n'ai pas pu… j'ai pris le voilier.

Il n'était pas prêt à partager les souvenirs les plus douloureux avec qui que ce soit. Pas encore.

— Je me souviens d'une tempête. Je n'avais pas fait attention aux prévisions, continua-t-il.

— La tempête tropicale Gordon, expliqua Phil.

— Je devais être quelque part au large d'Hispaniola, près de Punta Cana. Une femme du coin m'a recueilli. Elle m'a dit qu'elle m'avait trouvé échoué sur la plage avec un gilet de sauvetage. Je n'avais aucune idée de qui j'étais et comment j'avais fini là-bas.

— Merde, Jackie, s'exclama Phil en se tournant afin de regarder par la vitre, les épaules visiblement tendues. Nous savions seulement que tu avais quitté le quai. Tu n'avais pas laissé de plan de navigation. Nous t'avons cherché, nous avons parlé aux gens des îles voisines. Nous… je suis vraiment désolé.

— Ce n'est pas de ta faute, dit Jonah en touchant le bras de Phil. Je voulais disparaître. Je veux dire, comment expliques-tu cela autrement ? Je n'ai jamais essayé une seule fois de savoir qui j'étais.

98

Il avait été tellement plus heureux dans la peau de Jonah.

Merde. Il devait appeler Adam. Maintenant, sa réapparition devait être partout dans les journaux. Il avait besoin de parler à Adam... *Que vas-tu lui dire ?* Tout irait bien. Il avait expliqué qu'il ne se souvenait pas et ne pouvait pas gérer. *Puis quoi ?* Il s'excuserait autant de fois qu'il le faudrait pour qu'Adam lui pardonne. *Et ensuite ? Tu crois que tu peux reprendre là où tu t'es arrêté ?*

La voix de Phil le fit revenir au présent.

— Jackie, je...

Il se retourna et croisa le regard de Jonah. À en juger par la tension dans sa mâchoire et la douleur dans ses yeux, Phil était en conflit.

Bien sûr qu'il l'est ! Ça fait dix ans qu'il dirige la compagnie sans toi et tu reviens brusquement d'entre les morts.

— Hé. Ne t'en fais pas. D'après ce que j'ai entendu dire, tu as fait un travail incroyable avec Entech.

Il n'était pas prêt à penser à l'entreprise et au rôle qu'il pourrait vouloir jouer maintenant, après toutes ces années.

Phil hocha la tête et se retourna vers la vitre.

Jonah fixa l'arrière de la tête du conducteur, son cerveau envahi de pensées floues.

Le silence s'éternisa. Phil et lui avaient toujours été à l'aise ensemble. Pourquoi était-il si difficile de lui parler maintenant ?

— Jackie ?

Jonah allait devoir s'habituer à ce prénom.

— Oui.

— Tu m'as manqué.

— Merci.

Il n'était pas sûr de ce qu'il devait répondre, mais il se sentait mal à l'aise. Dix ans, c'était long. *Les gens changent.*

La limousine tourna sur une rue vallonnée qu'il ne reconnaissait pas.

— Où allons-nous ?

— Où allons-nous ? répéta Phil, semblant hésiter avant de respirer profondément. À la maison. Notre maison.

— *Notre* maison ?

— Tu ne te souviens vraiment pas, n'est-ce pas ?

Pourquoi les mots de Phil le frappaient-ils si fort ?

— Je... Non, désolé, je ne me rappelle pas.

Il ne se souvenait pas de la maison, encore moins de l'avoir achetée avec Phil.

— Nous nous sommes mariés. Environ six mois avant ta disparition.

Chapitre Dix-neuf

ADAM regarda par la fenêtre tandis que l'avion descendait à travers une épaisse couche de nuages. Devant, la baie de San Francisco semblait froide et sombre. Il ne neigeait jamais beaucoup ici, mais pour l'instant, il aurait apprécié le blanc. La pluie semblait amplifier son sentiment de perte.

Jonah.

Il pensait que cela se passait bien entre eux. Puis, ils avaient couché ensemble et cela avait été incroyablement génial. Il s'était senti à l'aise avec lui. Et la peau bronzée de Jonah sous ses doigts…

C'était juste une aventure. Laisse tomber.

Il s'était rendu sur l'île pour se détendre. Il n'avait pas prévu de brancher quelqu'un et il n'avait certainement pas prévu de trouver quelqu'un d'aussi intéressant, et sexy, que Jonah. Pourquoi cela le dérangeait-il qu'il soit parti sans un mot ?

Lorsqu'il avait frappé à la porte de Jonah après le lever du soleil, il n'avait obtenu aucune réponse. Les stores étaient ouverts et il n'avait vu personne à l'intérieur. Le scooter de Jonah était visiblement absent du parking derrière le bâtiment. Personne ne l'avait vu partir. Adam s'était rendu au centre de plongée dès son ouverture, mais on lui avait dit que Jonah s'était fait porter pâle. Il était arrivé à l'aéroport à peine juste à temps pour son vol en fin de matinée.

Malgré l'explication de Jonah sur la raison pour laquelle il avait caché son amnésie, il se posait toujours des questions. Maintenant, il se sentait encore plus mal qu'avant. Pourquoi Jonah n'avait-il pas essayé de revenir sur ses pas ? Pourquoi n'avait-il pas contacté la presse ? *Il a peur de quelque chose.* Adam s'inquiétait pour lui. Il avait l'air très mal lorsqu'il avait quitté sa chambre, mais il allait bien jusqu'à ce qu'ils parlent de son passé. S'était-il souvenu de quelque chose ?

Il est tout aussi probable qu'il t'évitait. Il savait depuis le début qu'une semaine n'était pas assez longue pour solidifier une amitié et encore moins quelque chose de plus. *Pourquoi es-tu si surpris qu'il se soit enfui ? Il t'a facilité la tâche. Pas d'adieux tristes.*

S'il était honnête envers lui-même, il ne s'était pas attendu à trouver Jonah. Il ne s'était pas attendu non plus à la douleur dans la poitrine accompagnant les souvenirs de la soirée qu'ils avaient passée à regarder la lune au-dessus de l'eau.

Il avait fait tout ce qu'il avait pu pour retrouver l'autre homme jusqu'à ce qu'il manque de temps et que le taxi arrive pour le conduire à l'aéroport de Punta Cana.

ADAM jeta un coup d'œil sur les écrans et vit le numéro du carrousel de récupération des bagages indiqué à droite. Il avait demandé à Karen de prévoir une voiture pour le ramener à la maison de Napa. Il aurait préféré la sécurité relative de son petit appartement dans le Castro, mais à trois semaines de la réunion d'Entech. Il avait besoin d'évaluer la situation avec sa famille. Il espérait que sa mère allait bien alors qu'elle séjournait dans la maison familiale après une si longue absence.

Cela l'amena à penser à Jonah et la façon dont celui-ci l'avait écouté lorsqu'il avait parlé de sa famille et de l'affaire Entech. Il regrettait de ne pas pouvoir l'aider alors que ce dernier l'avait tant fait. *Il est temps de laisser tomber.* Il devait se concentrer sur l'avenir.

Il secoua la tête et se dirigea vers la sortie. Il était trop fatigué pour trop y réfléchir maintenant. Peut-être que dans quelques jours, avec un peu de recul, il comprendrait pourquoi il s'était si vite attaché à Jonah.

Il passa devant un portail rempli de gens, tous les yeux rivés sur le grand écran de télévision.

— … choqué et surpris, disait un homme au journaliste. Dix ans, c'est très long. On dit qu'Entech avait engagé une procédure judiciaire afin que Jackson Roth soit déclaré mort. Mais l'actuel PDG de l'entreprise, Phil Langham, confirme que Roth a réapparu et va apparemment bien.

Jackson Roth ? Le PDG d'Entech, l'enfant prodige de la Silicon Valley réapparaissait après avoir disparu depuis près de dix ans ? Adam se demanda vaguement si la réunion pour discuter de Prestco serait annulée. Il voulait en finir, mais il aurait plus de temps pour se préparer.

Qui savait ? Peut-être que Roth mettrait fin à l'accord et laisserait Prestco en paix.

— Nous allons couper et nous rendre à Los Angeles où un avion privé transportant Jackson Roth a atterri il y a une dizaine de minutes, dit le présentateur, ramenant Adam à l'instant présent. Notre propre journaliste Martin James est sur place pour un premier aperçu.

— Monsieur Roth, cria le journaliste alors qu'un homme se frayait un chemin dans l'aérogare bondée de l'aéroport. Est-il vrai que vous avez perdu la mémoire ?

— Sans commentaire, répondit l'homme alors que la caméra faisait le point sur son visage. Je ferai une déclaration plus tard.

Adam fixa l'écran, stupéfait.

— Non, dit-il à voix haute. Ce n'est pas possible.

Mais le visage sur l'écran ne laissait pas de place à l'erreur. La peau dorée par le soleil. Les petites rides au coin des yeux. Le visage de Jonah.

Les bruits de l'aéroport s'estompèrent et Adam posa une main sur sa valise pour se stabiliser. *Jonah est Jackson ?* Ils en avaient plaisanté ce jour-là sur la plage. Ils savaient tous les deux que c'était impossible, mais l'homme à la télé était Jonah. Sans aucun doute.

Pas Jonah. Jonah n'a jamais existé.

Il était le fruit d'un fantasme de vacances et il avait disparu. C'était l'homme qui tenait l'avenir d'Adam sous son emprise. Qui pourrait détruire sa famille si Adam le laissait faire. L'homme à qui il avait donné assez de munitions pour clouer le bec à Prestco.

C'était Jackson Roth.

Chapitre Vingt

PHIL ne dit rien d'autre sur le chemin vers la maison et la tête de Jonah palpitait encore. Il avait besoin d'une douche, d'un verre et d'une nuit de sommeil. Deux sur trois serait bien.

Il devait appeler Adam, mais il ne savait absolument pas quoi lui dire ni comment lui dire qu'il était… marié. Il ne pouvait toujours pas gérer cette information particulière où le manque de souvenirs qui l'entourait.

Donc, tu l'appelles et quoi ensuite ? Son mariage avec Phil changeait tout. Sa seule certitude, c'était qu'Adam lui dirait qu'il était vraiment sûr qu'ils pourraient se revoir. *Tu lui dois la vérité.* Il décida de l'appeler dès qu'il en aurait l'occasion alors que Phil et lui montaient vers ce qu'il espérait être un endroit où il pourrait dormir.

Jonah craignait que Phil s'attende à ce qu'il le rejoigne dans sa chambre, mais il fut agréablement surpris, soulagé, vraiment lorsqu'il vit qu'il avait préparé une des chambres d'amis dans la même aile de la maison. Appeler cet endroit une maison était un euphémisme. Le penthouse dans lequel il vivait avant sa disparition était spacieux, mais le domaine de Beverly Hills lui rappelait l'un de ces châteaux qu'il avait visités lors d'un voyage scolaire dans le Val de Loire en France.

— Ma chambre est la dernière porte à gauche, si tu as besoin de moi, lui dit Phil en le laissant avec une bise gênante sur la joue. N'hésite pas. J'ai mis des vêtements dans le placard et il y a des articles de toilette dans la salle de bains.

— Merci, dit Jonah en fermant la porte.

Il s'approcha du placard et l'ouvrit pour le trouver plein de vêtements d'affaires. Des chemises, une demi-douzaine de costumes, des chaussures et des cravates. Tous semblaient totalement neufs. Une goutte de sueur coula dans son dos. La chambre semblait trop chaude. Trop petite. Trop fermée. Sa gorge se serra et il inspira, puis il ouvrit les portes-fenêtres donnant sur le balcon. La brise fraîche lui fit du bien. Le soleil couchant lui rappela l'océan et le sentiment d'exaltation qu'il ressentait lorsqu'il sautait du bateau et s'immergeait sous la surface.

Adam. Il lui manquait, même s'il savait que c'était fou. Sa voix. Son contact. Sa façon de sentir bon. La chaleur de son baiser.

Il en savait assez sur son ancien lui pour que la panique et les émotions lui semblent fausses. Honteuses. Il était plus fort que ça. Jackie n'était pas un moine, loin de là. Mais il n'était pas un romantique cucul la praline non plus. Le sexe avait un but. Les relations avaient un retour sur investissement minable.

Il retourna à l'intérieur et s'assit sur le canapé. Quelqu'un avait allumé les bûches au gaz dans la cheminée. Quel était l'intérêt de fausses bûches au mois de février à L.A. ? Il faisait vingt-quatre degrés dehors.

Il attrapa son vieux sac à dos et en sortit une carte de visite cornée. La carte de visite d'Adam dont les bords étaient pliés parce que Jonah s'était endormi dans l'avion en la tenant dans son poing fermé.

— Appelle-moi si tu as besoin de quoi que ce soit, lui avait dit Adam lorsque Jonah s'était enfui du lit où ils venaient de coucher ensemble.

Pour l'instant, il n'avait besoin de rien d'autre que de parler à Adam. *Mais tu sais ce que tu as à faire. Une fois que tu lui auras dit la vérité sur Phil et toi...*

Il défroissa à nouveau la carte. Il n'avait pas de portable, alors il prit la ligne fixe et composa le numéro d'Adam. Il tomba directement sur la messagerie vocale.

— *Adam. Je ne suis pas disponible pour prendre votre appel maintenant. Laissez-moi un message et je vous rappellerai dès que possible.*

Le téléphone bipa.

— Adam, c'est Jonah. Jackson. Jackie Roth

Merde, il avait l'air d'un idiot !

— Je sais que tu dois penser que je suis le plus gros abruti au monde. J'espère que tu sais que je n'ai jamais voulu que cela se termine ainsi. J'aimerais vraiment te parler.

Bon sang. Il ne savait pas quel numéro laisser et il n'y avait pas de numéro marqué sur le téléphone.

— Je n'ai pas encore de portable. Mais tu peux m'appeler chez Entech. Mon assistante saura où me joindre.

Il n'était pas même pas sûr que Carly, son ancienne assistante, travaille toujours dans l'entreprise. Il n'avait jamais voulu, *ni besoin*, d'un téléphone portable sur l'île, mais il supposa qu'il devrait en avoir un ici

Il reposa le téléphone et soupira. *Un désastre total.* Voilà à quoi ressemblait sa vie en ce moment. La tentation de s'enfuir était juste là, sous la surface. Toujours présente.

Il se déshabilla et se dirigea vers la salle de bains afin de prendre une douche. Il aperçut son visage dans le miroir au-dessus du lavabo. Les rides autour de ses yeux étaient plus profondes que dans son souvenir et les cernes en dessous prouvaient qu'il n'avait pas bien dormi.

Dix ans de plus. Il avait trente-trois ans. Il lui semblait en avoir cent en ce moment. Il en avait l'air aussi.

Il ouvrit l'eau de la douche et se plaça sous la pomme, permettant à la chaleur de l'eau de détendre son corps. Il trouverait peut-être un jacuzzi plus tard. Il y avait toujours un jacuzzi ou un sauna dans des maisons aussi grandes.

Chez moi.

Non. Cela lui semblait faux. Il n'avait aucun souvenir de cette maison. Phil lui avait dit qu'ils avaient prévu de l'acheter peu de temps avant sa disparition, mais Jonah ne s'en souvenait toujours pas. La maison et son mariage avec Phil semblaient appartenir à une autre personne

Il se lava rapidement, puis il resta sous l'eau jusqu'à ce que sa peau commence à se friper. Il s'essuya et enfila un peignoir blanc moelleux qui lui rappela l'hôtel. Tout l'endroit ressemblait à un hôtel avec son terrain entretenu, ses meubles parfaitement placés et son personnel accueillant.

Il rentra dans la chambre et décrocha le téléphone. Il composa le numéro de Lorene et s'assit près de la fenêtre qui donnait sur le terrain derrière le bâtiment. L'éclairage, parfaitement positionné, illuminait les buissons impeccablement taillés. Des fuchsias aux couleurs vives entouraient un bougainvillier. Des palmiers de tailles et de formes variés poussant près du haut mur qui entourait la propriété créaient une toile de fond impénétrable et protégeaient la maison des regards indiscrets. L'endroit ressemblait plus à une forteresse qu'à une maison malgré sa beauté.

— Allô, dit Lorene qui semblait endormie.

— Lorene. Désolé. J'ai oublié le décalage horaire.

— C'est bon, bébé. Où es-tu ?

Sa voix grave n'avait jamais semblé aussi bonne.

— À Los Angeles, dans ma... maison.

Il ne lui parla pas de Phil. Pas encore.

— Tu n'as pas l'air très bien.

— Ça va aller, assura-t-il, ne voulant pas l'inquiéter. Il faudra que je m'adapte, c'est tout.

— Et Adam ? demanda-t-elle.

— Il doit être au courant maintenant. C'est partout dans les médias.

Elle exprima sa réprobation par un bruit de gorge, mais il imagina qu'elle souriait.

— Ce n'est pas la meilleure façon de le savoir, n'est-ce pas ?

— J'ai pensé que j'aurais plus de temps pour le lui dire moi-même, dit-il en se tançant pour ne pas avoir suivi le conseil de Lorene et avoir appelé Adam à l'hôtel avant son départ. Je lui ai laissé un message il y a quelques minutes.

— Bien. C'est un début. Je suis sûre qu'une fois que vous aurez l'occasion de parler, tout ira bien.

À peine. Juste le temps qu'il soit avéré qu'il était un imposteur ; il était marié à quelqu'un d'autre maintenant. Comment cela pourrait-il aller bien ?

— Jonah ?

— Oui. Je suis là.

— Dieu t'a donné une seconde chance, dit-elle.

Avant qu'il ne puisse dire quoi que ce soit, elle reprit la parole.

— Je sais que tu ne crois pas en ça, mais moi, si.

— Merci.

— Tu es un homme bon, dit-elle.

— J'ai mal traité des gens.

— C'est ce que tu as dit. Mais ton cœur est bon. Il ne change pas, quel que soit ton nom. Peu importe ce que tu fais.

Facile à dire. Mais il doutait que quelqu'un croie qu'il avait trouvé son humanité au cours de ses dix années de disparition. Il sentait déjà son ancienne vie le griffer, menaçant de le tirer en arrière.

— Écoute-moi bien, dit-elle sévèrement. Tu as déjà fui ta vie, n'est-ce pas ?

— Je… oui.

— Pourquoi ?

— Je… je ne sais pas.

— Tu sais que tu ne peux pas me mentir, Jonah, répondit-elle. Tu sais pourquoi tu t'es enfui.

Il le savait. Il était rempli de chagrin. Il voulait que son père revienne. Se comporter différemment cette fois-ci.

— Oui. Je voulais changer les choses. Être quelqu'un de différent.

La douleur s'enflamma en lui et il prit quelques inspirations profondes.

— Tu as changé les choses. Tu es devenu la personne que tu voulais être, lui dit-elle. Tu le sais.

— Peut-être, répondit-il, incertain.

— C'est suffisant pour l'instant, dit-elle en riant.

— Qu'est-ce que je fais ? demanda-t-il.

— Fais ?

Il y eut une longue pause et il se demanda si la connexion avait été rompue. Mais elle parla ensuite.

— Tu ne fais rien. Tu dois être toi-même. Le reste suivra.

— Merci.

— Tu te sens un peu mieux ?

— Oui, répondit-il en souriant pour la première fois depuis des jours. Je me sens mieux.

— Tu me rappelleras lorsque tu auras besoin de moi, n'est-ce pas ? demanda-t-elle.

— Tu sais bien que oui.

— Fais attention à toi, Jonah. Saisis ta seconde chance et file comme le vent.

Chapitre Vingt-et-un

LE trajet de l'aéroport à la maison familiale de Napa sembla prendre une éternité. Adam trouva le reportage de CNN sur son téléphone et il s'attarda quelques minutes sur la photo de Jonah à l'aéroport et une photo de Jackson Roth prise dix ans auparavant. Il était facile de voir la ressemblance lorsqu'elles étaient côte à côte. Mais il était tout aussi évident de comprendre pourquoi personne n'avait reconnu Jonah comme étant Jackson. Les cheveux sombres et bouclés du jeune Jackson étaient devenus blonds et raides au soleil. La peau lisse de l'homme de vingt-trois ans contrastait avec la peau bronzée et les taches de rousseur d'un homme dans la trentaine qui passait la majorité de ses journées au soleil.

Les mêmes yeux bleus.

Adam éteignit son téléphone et le mit dans sa serviette. La lecture du retour miraculeux de Jackson Roth le laissait froid et vide.

Tu sais qu'il ne t'a pas menti.

C'était une maigre consolation.

IL avait à peine réussi à atteindre l'entrée principale lorsque sa sœur jaillit par la porte d'entrée et le prit dans ses bras, lui faisant lâcher sa valise qui heurta les briques de l'allée. Il soupira et la serra contre lui.

— Bienvenue à la maison, Addy, dit-elle. Tu m'as manqué.

— Je ne suis parti qu'une semaine, souligna-t-il, même s'il avait l'impression que c'était depuis beaucoup plus longtemps.

— Alors, comment était-ce ?

— Merveilleux.

Eh bien, *ça l'était* jusqu'à ce matin. Était-ce seulement la veille qu'il avait couché avec Jonah ? Cela avait été merveilleux aussi.

— L'hôtel était génial et les plongées superbes.

— Je suis si contente.

— Maman est là ? demanda-t-il.

— À l'intérieur, acquiesça-t-elle. Elle a insisté pour te préparer le dîner.

— Je meurs de faim.

La part de pizza qu'il avait avalée à Atlanta entre deux vols quelques heures auparavant n'avait pas suffi. De plus, son corps pensait qu'il était presque minuit avec le décalage horaire de quatre heures.

— Bien.

Elle ouvrit la porte et il récupéra sa valise.

Une heure plus tard, après avoir savouré le steak parfaitement cuit de sa mère ainsi que les pommes de terre nouvelles et les légumes verts sautés, Adam se retira dans le calme relatif de son bureau personnel. Il se sentait beaucoup mieux après avoir mangé un plat substantiel et voir à quel point sa mère allait bien avait été un grand soulagement.

Cependant, maintenant, le poids des dernières vingt-quatre heures avait fini par le frapper, alors il s'était excusé et avait promis à sa mère qu'il lui raconterait tout sur ses vacances le lendemain matin.

Quelqu'un frappa à la porte du bureau juste au moment où il ouvrait le bar.

— Entre.

— Quelque chose te tracasse, dit Karen en passant sa tête à l'intérieur.

— Assieds-toi.

Il se versa une double dose de whisky et passa ses doigts sur la carafe en cristal taillé. Elle avait été celle de son père, des années auparavant, mais il avait rarement vu celui-ci s'en verser un verre, même lorsqu'il en avait offert à d'autres.

— Papa réfléchissait toujours soigneusement à tout, dit-il en faisant tourbillonner le liquide dans le verre, regardant l'alcool former des jambes sur les côtés.

— Et toi non ? répliqua-t-elle.

Il haussa les épaules et lui fit face.

— J'ai vu les images à l'aéroport. Roth rentre à la maison.

— Qu'il soit vivant ou non ne fait aucune différence en ce qui nous concerne.

Elle s'approcha de l'armoire à liqueur et se versa un verre d'eau gazeuse, puis elle trinqua avec lui.

— Je n'en suis pas si sûr.

Il n'était sûr de rien, à part la douleur sourde dans sa poitrine qui refusait de disparaître.

— Pourquoi ? Parce que tu crois qu'il va s'opposer à ça ? demanda-t-elle en riant. C'est à cause de cet impitoyable bâtard qu'Entech détruit les petites entreprises.

— Je sais

— Et après ?

Elle s'assit sur le canapé et attendit qu'il réponde. Mais comment répondre alors qu'il savait qu'elle avait probablement raison ?

En étant honnête avec elle.

Il se redressa et prit une longue gorgée de sa boisson, savourant la chaleur de celle-ci contre sa gorge. Une deuxième gorgée et la tension dans ses épaules s'allégea un peu.

— J'ai rencontré quelqu'un, dit-il. À l'hôtel.

— C'est merveilleux, dit sa sœur. Mais quel est le rapport avec Roth ou Entech ?

— Il était instructeur de plongée au centre de plongée de l'hôtel. Jonah. Un homme bien. Gentil. Qui savait écouter.

Il prit une autre gorgée et posa le verre sur la table entre eux.

— Nous… reprit-il. La veille de mon départ, nous…

— Vous avez couché ensemble ? demanda-t-elle en lui adressant un gentil sourire.

Comme il ne répondait pas tout de suite, elle continua à parler.

— Si tu veux que je te réprimande, tu peux oublier ça, petit frère. Tu as toujours été un fichu moine, aussi loin que je me souvienne.

— *Ça* ne fait pas si longtemps, protesta-t-il en riant. J'ai été très occupé.

— Tu ne devrais jamais être trop occupé pour t'amuser. En plus, j'ai toujours l'espoir que tu rencontres quelqu'un

— Quelqu'un ? se moqua-t-il.

— Tu sais très bien ce que je veux dire, Addy.

— C'était amusant. Mais je n'en attendais pas plus.

Vraiment. Mais d'une certaine façon, Jonah avait pris de l'importance. *Pas Jonah... Jackson.*

— Tu es un très mauvais menteur.

— D'accord, d'accord, dit-il en riant et se passant une main dans les cheveux. Alors, j'avais peut-être espéré plus. Ce genre de vacances où le fantasme devient réalité.

— Aucun problème avec ça. Donc, je suppose que cela n'a pas dépassé le stade du fantasme, alors.

— Il est parti après la soirée, admit Adam en se frottant la bouche, imaginant un instant ses lèvres touchant celles de Jonah.

Pas Jonah, Jackson.

— Je suis désolée.

— C'est comme ça, dit-il en récupérant son verre et prenant une longue gorgée.

Elle croisa les jambes et posa son verre à côté du sien.

— Alors, vas-tu me dire ce que cela a à voir avec Prestco ou Entech ? Non pas que je ne sois pas intéressée, mais j'ai du mal à suivre la conversation.

— Désolé, dit-il en finissant la dernière goutte d'alcool, reposant le verre ensuite. J'allais vraiment en venir quelque part. Je suis juste un peu fatigué.

— Ça peut attendre, lui proposa-t-elle.

— Non, ça ne peut pas.

— D'accord. Épate-moi, alors. Tu es enceint ?

— Quoi ? s'exclama-t-il en riant tellement qu'il toussa.

— Au moins, tu ris encore de mes blagues stupides.

Son sourire s'estompa et il savait qu'elle s'inquiétait pour lui.

— Il s'appelait Jonah.

— S'appelait ? dit-il en fronçant les sourcils. Il lui est arrivé quelque chose ?

— On pourrait dire ça.

— Je suis désolée.

Elle se pencha en avant et posa sa main sur son genou. Il la prit dans la sienne et la serra.

— Pas comme ça, lui dit-il. Il est vivant, je veux dire. C'est juste que…

Merde. Il n'était pas sûr de savoir s'il voulait crier ou pleurer.

— L'homme ? Jonah ? Ce n'est pas son nom.

— Oh.

— Il s'appelle Jackson Roth.

Elle le regarda fixement, les yeux écarquillés, les lèvres légèrement entrouvertes.

— Il… quoi ?

— Il est… *était*… amnésique. Aucun de nous ne savait qu'il était Roth. C'était juste un homme. Un type sympa.

— Tu crois qu'il savait pour le marché ?

— Impossible. Réfléchis. Cet homme est parti depuis presque dix ans. Il est multimilliardaire. Prestco doit valoir quelques millions de dollars, dix maximum.

— Je suis d'accord, dit-elle en se mordillant la lèvre inférieure comme elle le faisait toujours lorsqu'elle était en profonde réflexion. Aucune chance qu'il disparaisse de la planète et réapparaisse pour voler notre entreprise familiale.

— C'est vrai.

Il avait retourné la situation plusieurs dizaines de fois dans sa tête. Jonah… Jackson ne savait rien de Prestco. Rien qu'Adam ne lui avait pas dit.

— Mais qu'est-ce que cela veut dire ? Je ne suis même pas sûre de pouvoir assimiler ça.

Elle s'interrompit un instant avant de continuer.

— Tu penses donc qu'il ne se souvenait vraiment pas de qui il était ? D'après ce que j'ai entendu, Roth était le roi des abrutis. Un manipulateur. Un crétin sans cœur.

— Jonah, je veux dire Jackson, n'est pas ainsi. Du moins, pas de ce que j'ai vu.

— Tu penses pouvoir lui parler ? Pour voir s'il peut convaincre Entech d'arrêter l'offre publique d'achat ?

Adam s'était penché sur la question. Il y réfléchissait encore, mais c'était devenu absurde. Jackson l'avait probablement quitté parce qu'il n'en avait rien à faire de lui.

— Je... je vais essayer de lui parler. S'il veut bien m'écouter.

— C'est beaucoup mieux que d'aller à cette réunion sans plan.

Il ne voulait pas lui dire qu'il ne pensait pas qu'essayer de parler à Jackson était un « plan » dans tous les sens du terme, mais ils se raccrochaient tous aux branches. Avec les actions de Roger fermement dans le camp d'Entech et sa mère hésitant...

— Je ferai de mon mieux. C'est tout ce que je peux faire, n'est-ce pas ?

Elle se leva et enroula ses bras autour de ses épaules, puis l'embrassa sur la joue. Il lui offrit ce qu'il espérait être un sourire rassurant, mais elle fronça les sourcils.

— Il y a beaucoup plus que ça, n'est-ce pas ? Tu tiens à lui.

— Bien sûr. C'est un homme agréable et...

— Ce n'est pas ce que je voulais dire et tu le sais très bien, le coupa-t-elle en croisant les bras. Je voulais dire que tu as des sentiments pour lui. Merde, juste comme ça, je me demande si tu ne serais pas tombé amoureux de lui.

— Tombé amoureux de lui ? Non. C'est un homme agréable, comme je te l'ai dit. Doux. Drôle.

Bon au lit. Attrayant. Gentil. Adam fit rapidement taire la voix dans sa tête.

Karen sourit, mais garda le silence.

— C'est l'heure de dormir, dit-il en faisant un geste en direction du verre vide.

— Je vais te laisser tranquille. Pour l'instant.

— Je vais voir ce que je peux faire pour entrer en contact avec lui, dit Adam.

Il n'avait pas la moindre idée de comment le faire et il devinait que des centaines de journalistes devaient frapper à la porte de Jonah à toute heure du jour et de la nuit afin de tenter d'obtenir une interview. Cependant, il n'avait jamais reculé devant un défi.

— Bien, dit-elle en l'embrassant à nouveau sur la joue, avant de faire demi-tour. Bonne nuit, Addy.

— Bonne nuit, Karen.

— Fais de beaux rêves.

Elle ferma la porte avant qu'il puisse répondre.

— Tu as toujours le dernier mot, n'est-ce pas ?

Il se leva et étira ses bras au-dessus de sa tête, puis il bâilla. Il allait dormir et s'occuperait de Jackson Roth dans la matinée.

Chapitre Vingt-deux

LE jour suivant se leva, ensoleillé et lumineux, avec un soupçon de printemps dans la brise. Trop tôt pour que les raisins des vignobles voisins murissent. Adam but une tasse de café en lisant le journal. Encore quelques mois et il pourrait s'asseoir dans le belvédère le matin. Il avait décidé qu'il vivrait à Napa. Il garderait l'appartement pour l'utiliser après des soirées tardives au bureau, mais il déménagerait toutes ses affaires à la maison. C'était leur maison après tout. Cela lui avait pris cinq ans pour s'en rendre compte.

Il passa un doigt sur la surface lisse de l'anneau que Jonah lui avait offert. Il savait qu'il devait l'enlever, mais il n'y arrivait pas. Pas encore.

Il est temps d'appeler Jonah. Jackson. Peu importe. Il avait passé en revue des scénarios de ce qu'il dirait.

Il sortit son téléphone portable de son attaché-case et l'alluma. Il avait appris de sa première année à la tête de Prestco qu'il n'avait pas besoin d'être joignable à toute heure du jour et de la nuit. Il avait des employés tout à fait capables de faire face aux situations d'urgence.

Il écouta le premier message. Sammy du bureau l'informait que tout était sous contrôle et qu'il pouvait prendre quelques jours avant de venir. Comme s'il pouvait rester à l'écart après une semaine d'absence !

Il avait déjà envie d'y aller. Si la circulation n'était pas aussi mauvaise à cette heure de la journée…

Adam, c'est Jonah. Jackson. Jackie Roth. J'espère que tu sais que je n'ai jamais voulu que cela se termine ainsi. Je… J'aimerais vraiment te parler.

Son cœur rata plusieurs battements. Jonah avait appelé la veille ? Pourquoi ? Parce qu'il voulait jubiler ?

Il veut peut-être s'excuser pour ne pas avoir dit au revoir.

Difficile à croire. D'après tout ce qu'il avait entendu sur Jackson Roth, il était plus probable qu'il avait réalisé sur quoi il était tombé. Quoi de mieux pour se remettre dans le bain que conclure un marché ?

Il était peut-être toujours Jonah intérieurement.

Il ne saurait jamais la vérité s'il ne contactait pas cet homme pour lui donner une chance de s'expliquer.

— Merci d'avoir appelé Entech, dit l'opérateur. Comment puis-je vous aider ?

— Jackson Roth, s'il vous plaît, dit Adam.

— Je vous passe son bureau, monsieur.

— Bureau de M. Roth, Barbara à l'appareil, entendit-il un instant plus tard. Que puis-je faire pour vous ?

— Adam Preston. Je rappelle M. Roth.

— Un instant, s'il vous plaît, dit la femme.

Une minute se transforma en deux, puis en trois et pendant que Céline Dion chantait « My Heart Will Go On », Adam regarda son téléphone et s'aperçut qu'il patientait depuis presque dix minutes.

— Monsieur Preston, dit Barbara, après une minute supplémentaire. Je suis désolée pour l'attente. M. Roth ne prend aucun appel pour le moment. Puis-je lui faire savoir que vous avez appelé ?

Adam raccrocha après lui avoir donné son numéro de téléphone. Que Jonah… *pas Jonah, Jackson…* avait déjà.

Il avait probablement une réunion qu'il ne pouvait pas manquer. Cela n'avait aucun sens qu'il lui laisse un message lui demandant de le rappeler et évite ensuite de prendre son appel. Adam arrêta d'y penser et finit son café, puis il plia le journal et le mit dans son attaché-case.

— Tu pars au bureau ? demanda sa mère alors qu'il déposait sa tasse dans le lave-vaisselle.

— J'ai vraiment quelques trucs à faire. Je ne rentrerai pas tard, dit-il en déposant un petit baiser sur sa joue. Promis.

— Bien. Parce que je fais des lasagnes aux fruits de mer, ce soir.

— Je vais devoir commencer à faire du sport tous les jours, lui dit-il.

— Il n'y a pas de calories dans la nourriture que fait ta mère.

— J'aimerais bien.

Il prit ses clés sur la table avant de lui faire un signe de la main.

— À plus tard, maman.

— **ROGER ?** dit Adam en se penchant en arrière dans son fauteuil.

Il attendait l'appel de son frère, mais pas avec impatience. Ils ne s'étaient pas parlé depuis que Roger lui avait annoncé qu'il était en faveur du rachat par Entech.

— Tu es de retour de vacances et au bureau, je suppose.

Adam se crispa au ton de son frère. Ils étaient proches avant la mort de leur père. Mais après…

— J'espère que tu vas bien.

Les mots étaient aussi empruntés et guindés qu'ils semblaient l'être.

— Je vais bien.

— Que puis-je faire pour toi, Roger ? demanda Adam.

Une mouette se dirigeait vers la baie, à l'extérieur de la fenêtre. L'eau lui faisait signe, mais il savait qu'il lui faudrait des semaines avant d'avoir le temps de s'accorder un congé.

— Je me demandais si tu avais eu le temps de penser à la vente, dit Roger.

Adam réprima un rire mélancolique. Cela n'arrangerait rien d'énerver son frère. Il se fâcherait de toute façon.

— Oui. Et je n'ai pas changé d'avis. Je pense que c'est une mauvaise idée, surtout alors que nous avons si bien réussi.

— C'est le moment idéal pour vendre. Si nous attendons, qui sait ce qui pourrait arriver.

— Je suis d'accord qu'il y a un risque…

— Tu peux créer une autre entreprise, Addy. Mais si Prestco cesse ses activités, que reste-t-il pour le reste d'entre nous ? Comment maman fera-t-elle ?

— J'ai été prudent, expliqua Adam. L'entreprise est en bonne santé financière, avec assez de réserves pour continuer même si l'économie s'effondre à nouveau.

— C'est ce que tu dis.

— Tu peux consulter les comptes toi-même si tu veux.

— J'ai parlé à maman, répondit son frère.

Le brusque changement de sujet n'était pas tout à fait inattendu. Ses préoccupations n'avaient manifestement rien à voir avec la santé financière de l'entreprise.

Il se passait autre chose.

— Oh. Qu'est-ce qu'elle en dit ? demanda-t-il, doutant qu'elle ait fait quoi que ce soit à part ne pas s'engager avec Roger.

— Seulement qu'elle réfléchit à l'offre.

Roger tournait probablement la conversation à son avantage pour secouer Adam, mais celui-ci était quand même surpris d'entendre cela.

— Vraiment ?

— Elle comprend ce qui est en jeu.

Adam n'en doutait pas. Sa mère était une ancienne experte-comptable et elle avait tenu les livres de l'entreprise jusqu'à la mort de son père.

— J'en suis sûr, dit-il avant de jeter un coup d'œil à la pendule. Écoute, Roger, je dois vraiment y aller. J'ai une réunion qui commence dans une minute. Je peux te rappeler ?

— Pas besoin. Je suis sûr que nous en reparlerons.

— Quand tu veux. Si tu as des questions…

La tonalité l'interrompit. Il soupira et se massa la nuque.

— À ce point ? demanda Karen en le regardant depuis la porte de son bureau.

— Je déteste ça, admit-il.

— Les familles ne s'entendent pas toujours, souligna-t-elle en s'asseyant dans le fauteuil, face à son bureau. La situation financière de Roger n'est pas au top.

— Cela ne me dérangerait pas, s'il me demandait de l'argent.

— Il est trop fier pour ça, dit-elle en secouant la tête. Ne me dis pas que tu serais d'accord pour demander de l'argent.

— Non. Je ne le serais pas.

Leur père leur avait appris à tous à être indépendants et Adam lui en était reconnaissant.

— Je vais voir ce que je peux faire, dit sa sœur. Il s'ouvrira peut-être à moi.

— Merci. J'apprécie ton geste.

— Tu as réussi à joindre ton homme ? demanda-t-elle ensuite avec un sourire à peine retenu.

— Ce n'est pas mon homme, protesta Adam en insistant sur les mots. Non, j'ai laissé un message, mais rien encore. Je réessaierai.

Elle haussa les épaules et se leva.

— C'était notre réunion ?

— Je peux être brève, plaisanta-t-elle.

Elle lui fit un signe de la main et sortit du bureau.

Il rit, puis décrocha le téléphone.

Chapitre Vingt-trois

JACKIE se réveilla lorsqu'on frappa à sa porte. Il se frotta le visage et se glissa hors du lit. Il traversa le salon, les yeux plissés à cause de la lumière du soleil alors qu'il ouvrait la porte du couloir.

— M. Langham a pensé que vous aimeriez peut-être prendre le petit-déjeuner, dit une jeune femme au sourire agréable, un plateau dans les mains.

— Merci.

Il lui fit signe d'entrer et elle posa la nourriture sur la table près des fenêtres.

— Je vous sers du café ? demanda-t-elle en prenant une des tasses.

— Bien sûr. Merci.

Elle sourit à nouveau et remplit la tasse.

— Sucre et crème ?

— Non, ça ira, merci.

— Puis-je vous offrir autre chose ?

— Ça ira, merci, répéta-t-il en secouant la tête et se forçant à sourire.

Le fait d'avoir quelqu'un prêt à le servir au doigt et à l'œil le mettait particulièrement mal à l'aise. Il voulait juste qu'elle parte afin de pouvoir être seul à nouveau.

— Si vous avez besoin de quoi que ce soit, appuyez sur le bouton d'appel de l'interphone près de la porte.

Il n'avait même pas remarqué le boitier.

— Je le ferai, merci.

Il n'appellerait pas. Il pouvait se débrouiller tout seul.

Elle partit un moment plus tard. Il s'assit, prit le café et le but. Bon et fort comme il l'aimait. Il posa la tasse et s'appuya sur le dossier de son siège.

— Je vous sers un café ? demanda la femme vêtue de blanc à son père.

— Noir, s'il vous plaît.

Son père avait l'air triste. Fatigué aussi. Les cernes sous ses yeux s'étaient accentués.

— Veux-tu un soda ? demanda la femme à Jackson.

Il hocha la tête. Il adorait le soda. Il aimait la façon dont les gens d'ici lui donnaient des sodas et de bonbons. Mais il savait qu'il ne devait pas aimer ça. C'était un mauvais endroit. Des malades venaient ici.

— Mon oncle est allé à l'hôpital, lui avait dit Rory, à l'école, la veille. Il n'est jamais rentré.

— Maman rentre à la maison ? demanda-t-il à son père.

Celui-ci lui sourit et hocha la tête, mais il avait toujours l'air triste. Il ouvrit les bras et Jackie se glissa dedans. C'était chaud. Il se sentait en sécurité.

— Tout ira bien, lui assura son père.

— Monsieur Roth ? demanda le docteur qui avait toujours les sourcils froncés.

— Je reviens tout de suite, Jackie.

Il regarda son père s'éloigner de quelques mètres et ils parlèrent d'une voix feutrée. Il savait qu'ils ne voulaient pas qu'il entende, mais il était curieux, alors il poussa son petit camion plus près.

— ... fait tout ce que nous pouvions, monsieur Roth, dit le médecin à son père. Ce n'est qu'une question de temps.

— Elle va... mourir.

Jackie n'avait jamais entendu son père paraître si triste.

— Nous avons réparé l'anévrisme, mais les dommages étaient importants.

Jackie revint à lui, renversant presque la tasse à moitié vide. Il avait la gorge serrée, la poitrine lourde. Quel âge avait-il lorsque sa mère était décédée ? Six ans ?

— Tout ira bien, Jackie, lui avait dit son père après les funérailles. Juste toi et moi.

On frappa à nouveau à la porte.

— Entrez.

Jackie essuya une larme égarée sur son nez.

— Bonjour, dit Phil.

— Bonjour, répondit-il en faisant un geste en direction de la chaise en face de la sienne. Du café ?

— J'en ai déjà bu trois tasses, dit Phil en riant.

Mais cela avait l'air bizarre et forcé. Il s'assit le dos droit et croisa les jambes. Il avait l'air mal à l'aise.

Ils étaient deux alors.

— As-tu bien dormi ?

— Oui, mentit Jackie.

— Bien, bien.

Phil attendit que Jackie dise quelque chose, mais un moment passa dans un silence inconfortable.

— Je crois que je vais prendre ce café, dit-il finalement.

— Bien sûr.

Jackie lui versa une tasse.

— Un sucre, pas de crème, n'est-ce pas ?

— Tu t'en souviens ?

— Je me souviens de certaines choses, répliqua-t-il en lui donnant la tasse. Le reste…

— Prends ton temps. Personne ne s'attend à ce que tu reprennes directement ta vie. Pas tout de suite.

Jackie se demanda s'il pouvait revenir dans son ancienne vie. Il n'aimait pas beaucoup ce dont il se souvenait. Il désirait déjà ardemment être de retour sur l'île. Dans l'eau. N'importe où sauf ici.

Phil était ton meilleur ami, se rappela-t-il à lui-même. *Si tu ne peux pas lui parler, à qui le pourrais-tu ?*

— Merci, dit-il finalement.

— Pourquoi ?

— Pour avoir été patient avec moi.

— Je suis content que tu ailles bien, répondit Phil en haussant les épaules.

À cet instant, Jackie le crut.

— Je ne me souviens pas... des choses entre nous.

— Notre mariage ? suggéra Phil.

— Peux-tu m'en parler ?

— Il n'y a pas grand-chose à raconter, répliqua Phil sans croiser son regard. Ta relation avec ton père était compliquée. Je venais de rompre avec Colleen. Ma fiancée. Une chose en entraînant une autre...

Jackie se souvenait de Colleen. Une belle rousse. Acérée comme un couteau. Elle voulait être plus importante qu'Entech pour Phil.

— Je me souviens d'elle.

Il essaya de se souvenir du reste, mais ne trouva rien. Il supposa que Phil et lui étaient faits l'un pour l'autre.

Entech avait été tout pour eux.

Il déglutit avec difficulté et couvrit la main de Phil avec la sienne. Le geste semblait faux.

Bien sûr qu'il l'est. Tu ne te souviens pas de lui comme ça. Il se força à sourire, puis il retira sa main.

Phil bougea sur son siège. C'était à peine perceptible, mais Jackie le vit. Une petite faille dans le self-control blindé de l'homme. Phil serait mal à l'aise après dix ans, n'est-ce pas ?

— J'aimerais aller au bureau, dit-il après un long silence.

— Vraiment ?

Il ne savait pas si Phil était surpris ou s'il ne voulait pas qu'il vienne au bureau.

— Oui. Je pense que ça m'aiderait à me souvenir, ajouta-t-il en se levant avant de se diriger vers la fenêtre.

Une brise faisait bruire les feuilles des arbres avoisinants. Le soleil était déjà presque à son zénith.

— En plus, si je reste, je vais devenir fou, conclut-il en revenant vers son ami.

Il devait faire quelque chose pour se changer les idées sur toutes les questions restées sans réponse.

— Si tu penses que tu es prêt.

Encore cette hésitation.

— Je suis prêt, affirma Jackie en scrutant le visage de Phil, mais sans y trouver de réponse.

— Je vais prévenir le personnel, dit Phil en se levant et se dirigeant vers la porte. Ça prendra probablement quelques jours avant…

— Aujourd'hui, Phil.

Son ami cligna des yeux de surprise. Jackie aussi était surpris par la force de ses propres mots. Jonah n'avait jamais été exigeant. Il avait toujours suivi le courant. Il avait toujours été patient.

Il déglutit difficilement, mais tint bon.

— Je vais les prévenir, dit Phil en partant un instant plus tard sans un mot de plus.

Jackie fixa la porte du regard alors qu'un sentiment d'effroi picotait sa nuque et raidissait ses épaules. Se perdrait-il complètement et redeviendrait-il Jackie ? Il récupéra son portable sur la table de nuit et le tapota à plusieurs reprises jusqu'à ce que le numéro d'Adam apparaisse à l'écran. Il le fixa pendant une minute, puis il se moqua de lui-même et jeta le téléphone sur le lit. Il appellerait Lorene en allant au bureau. Elle lui botterait les fesses en vitesse. Elle le faisait toujours.

Il ne servait à rien d'insister sur la question avec Adam. Il devait lui donner le temps de décider s'il voulait le rappeler. *Le temps de décider si Jackie Roth en valait la peine.*

Chapitre Vingt-quatre

— **JE** suis désolé, monsieur Preston, dit l'assistante de Jackson. M. Roth n'est pas disponible pour vous parler. Voulez-vous sa boîte vocale ?

— J'ai laissé plusieurs messages, répondit Adam en grinçant des dents.

Il força sa tension à baisser à un niveau gérable, Il avait appelé six fois depuis mardi et il avait reçu la même réponse à chaque fois

— Y a-t-il quelqu'un d'autre à qui je peux parler ? poursuivit-il.

— Bien sûr. Attendez, s'il vous plaît.

Huit minutes de musique ennuyeuse n'aidèrent pas. Le temps que quelqu'un réponde, il était sur le point de craquer.

— Phil Langham.

La dernière personne à laquelle il s'attendait était le PDG par intérim de l'entreprise.

— Monsieur Langham, dit-il en faisant de son mieux pour paraître tout à fait à l'aise. Adam Preston, de Prestco.

— Adam. Bien sûr que oui. C'est un plaisir de vous parler.

Oui, c'est ça.

— J'essayais de joindre monsieur Roth, dit-il.

— J'ai peur qu'il ne prenne aucun appel. Y a-t-il quelque chose que je puisse faire pour vous aider ?

— J'espérais lui parler de l'offre de rachat de Prestco. Discuter de certains détails.

Ce n'était pas exactement la vérité, puisqu'Adam se fichait des détails. Peut-être que s'il insistait, quelqu'un porterait la question à l'attention de Jackson.

— C'est John Morgan qui dirige cette transaction, n'est-ce pas ?

— Oui.

Ceci ne menait à rien.

— Pourquoi ne venez-vous pas dans nos bureaux afin de le rencontrer ? reprit Langham. Ces problèmes peuvent être parfois résolus plus facilement en personne que par téléphone.

— Je ne suis pas…

— Je vais lui faire savoir que vous aimeriez le rencontrer, poursuivit Langham sans se laisser intimider. Je lui dirai de vous contacter.

— Vraiment… Je…

— Nous sommes très enthousiastes à l'idée de travailler avec vous. Merci encore de nous avoir contactés.

La communication fut coupée.

Bordel. Il était trop vieux pour se faire raccrocher au nez.

AU milieu de la semaine suivante, Adam cessa d'appeler Entech. Il savait que c'était probablement une énorme perte de temps, mais il prit un vol pour Los Angeles afin de rencontrer John Morgan, apparemment pour discuter de l'affaire Prestco.

En réalité, Adam n'avait pas vraiment de plan, mais il espérait secrètement voir Jackson pendant qu'il serait là-bas et comprendre ce qui se passait. Tout cela n'avait aucun sens. Pourquoi diable se donnerait-il la peine de tendre la main avant d'ignorer totalement les appels d'Adam ?

Morgan semblait surpris de sa visite, étant donné l'opposition véhémente d'Adam au rachat. Mais le collaborateur qui était venu à sa rencontre à l'aéroport LAX l'avait informé que Morgan avait libéré son emploi du temps pour la matinée, donc l'homme avait probablement pensé qu'Adam avait cédé à la pression familiale.

Adam, Morgan et une foule de stagiaires de Stepford passèrent la matinée cachés dans une salle de conférence au dernier étage du gratte-ciel, une monstruosité de verre et d'acier qui était exactement ce à quoi Adam s'attendait de la part du siège d'Entech. Froid. Sans aucune personnalité. Une entreprise monolithique dans un bâtiment, expression moderne d'un monolithe.

À midi, Adam avait atteint sa limite, alors que Morgan avait évité à de nombreuses reprises de répondre à ses questions parfaitement valables. Il trouva un prétexte pour faire une pause, puis il les laissa et fonça directement dans le couloir.

Il prit une grande inspiration en fermant la porte de la salle de conférence. Une minute de plus avec cet idiot pompeux et il se serait mis à crier. Il se moquait qu'il soit tout à fait évident pour Morgan et sa clique qu'il était sur le point de perdre son sang-froid. Et alors. L'homme pouvait bien avoir l'impression d'être arrivé quelque part avec ses menaces. Adam n'allait pas céder.

— Puis-je vous aider ? demanda une femme au teint frais, en costume d'affaires.

— Les toilettes ?

Au moins, il pourrait être seul pendant quelques minutes et décider comment conclure avant de rentrer chez lui.

— Allez au bout du couloir et prenez à gauche, puis c'est la deuxième porte à votre droite, lui indiqua-t-elle en souriant.

— Merci.

Elle partit un instant plus tard, disparaissant dans l'un des quatre ascenseurs au centre de l'étage.

Il jeta un coup d'œil à la liste du personnel sur le mur, mais le nom de Jackson n'y figurait pas. Comme on pouvait s'y attendre, le nom de Phillip Langham était en tête de liste. Il n'y avait pas de titre à côté de son nom, mais aucun n'était nécessaire. Tout le monde savait que Langham était responsable de l'entreprise depuis la disparition de Jackson.

Adam essaya d'imaginer le Jonah qu'il connaissait en tant que PDG du monstre Entech, mais il abandonna rapidement. À la place, il s'avança dans le couloir, jetant un coup d'œil aux photographies de personnalités connues et aux prix recouvrant les murs.

Il tourna à gauche comme la femme le lui avait indiqué et il faillit entrer en collision avec un homme qui marchait dans l'autre sens. L'homme laissa tomber le dossier qu'il portait, éparpillant des papiers sur le tapis d'un bourgogne intense.

— Je suis vraiment désolé, dit l'homme en se penchant pour récupérer les papiers. Je ne regardais pas où j'allais et…

— Jonah ? Je suis désolé, je voulais dire Jackson, corrigea rapidement Adam.

— Adam ?

Jackson cligna des yeux et son visage pâlit. Adam s'attendait à ce que Jackson le réprimande pour l'avoir poussé à laisser tomber les papiers, mais à la place ce dernier sourit et se baissa pour les ramasser

— Jackie, dit-il

— Quoi ? demanda Adam en se penchant afin de l'aider

— Mon prénom, dit-il. La plupart des gens m'appellent Jackie.

— Merci, Jackie, répliqua Adam sur un ton guindé.

Le choc de le voir avait commencé à s'estomper et la colère d'avoir été rejeté, ses appels ignorés, grimpait en flèche.

L'ombre d'un sourire sur le visage de Jackie disparut. Il jeta un coup d'œil autour de lui, puis il se retourna vers Adam.

— C'est bon de te voir.

— Vraiment ?

C'étaient des conneries, n'est-ce pas ? Adam donna les papiers à Jackie.

Celui-ci fronça les sourcils comme s'il ne s'attendait pas à la réponse moins que chaleureuse d'Adam.

— Je suis désolé. Je pensais que tu étais venu ici pour me voir.

— Je suis venu ici pour rencontrer John Morgan, rétorqua Adam.

Pourquoi diable avait-il dit ça ? Il voulait voir Jackie et comprendre ce qui se passait. Mais maintenant…

— John Morgan ? demanda Jackie. À propos de l'accord pour acheter Prestco ?

— Bien sûr. Sinon, pourquoi voudrais-je le rencontrer ?

— Tu as une minute ? demanda Jackie qui semblait vraiment intéressé, ce qui n'avait aucun sens.

— Tu veux me parler ?

— Bien sûr, affirma Jackie, les sourcils de plus en plus froncés. J'ai laissé un message sur ton portable. J'ai pensé que tu devais être occupé puisque je n'avais pas de nouvelles de toi.

Adam prit quelques inspirations profondes pour ralentir son rythme cardiaque. Il était tellement furieux que les mots mirent un moment à s'imprimer.

— Tu n'as pas eu de nouvelles... mais je... Tu as eu mes messages ?

Encore des conneries ? Ou n'avait-il vraiment pas reçu ses appels ?

— Des messages ? Tu m'as appelé ?

Les épaules de Jackie se tendirent, puis se détendirent à nouveau. Il était expert en contrôle. Rien à voir avec le Jonah qu'Adam avait connu.

— J'ai laissé plusieurs messages à ton assistante. J'ai même parlé à M. Langham.

— Tu as parlé à Phil ?

Les yeux de Jackie prirent un éclat dur. Peut-être que les messages perdus n'étaient pas juste une coïncidence malheureuse.

— Je suppose que tu n'as pas eu mes messages.

Adam n'était pas sûr de la signification de cette nouvelle, mais elle lui donna un peu d'espoir.

— Non. Pas du tout.

Le visage de Jackie s'illumina, mais Adam pensa que le sourire semblait un peu forcé.

— Si nous parlions dans mon bureau, ajouta Jackie.

— Bien sûr.

Adam le suivit dans la pièce en question, un vaste espace moderne meublé presque entièrement en chrome et en cuir. Pour la première fois, Adam remarqua que Jackie portait un costume et une cravate et que ses cheveux décolorés par le soleil étaient rassemblés dans une queue de cheval nette sur sa nuque. Il portait un seul clou de diamant dans une oreille. Adam se retrouva à penser à la sensation de tracer un cercle autour du bijou avec sa langue et grignoter ce lobe d'oreille parfait.

— ... quelque chose, disait Jackie lorsque Adam retrouva la raison.

— Désolé. Qu'est-ce que tu as dit ? demanda-t-il, se sentant complètement idiot.

Il devait probablement en avoir l'air aussi.

Jackie n'eut pas l'air de s'en préoccuper.

— Puis-je t'offrir quelque chose ? répéta-t-il en souriant. Un peu d'eau ? Une boisson plus forte ?

Adam lutta contre l'envie de le prendre au mot.

— De l'eau serait très bien. Merci

Jackie lui versa un verre et le lui tendit. À en juger par le léger tremblement de sa main alors qu'il versait l'eau et sa façon de se concentrer si intensément sur le verre, Jackie était presque aussi mal à l'aise que lui. *Intéressant.*

— Je suis désolé, dit Jackie avant qu'Adam puisse le remercier pour l'eau.

— Pardon ?

— Pour tout. Pour ne pas avoir réalisé que tu avais appelé. Pour être parti si vite. À l'hôtel.

— J'ai été surpris lorsque tu es parti sans rien dire. Mais plus tard…

Adam secoua la tête. Plus tard, il avait été blessé. En colère. Il était toujours en colère, tout comme il essayait de se convaincre du contraire.

— J'ai eu tort de partir sans te parler. J'aurais dû expliquer. Je suis vraiment désolé.

Adam fixa Jackie. Des excuses ou l'aveu que cet homme se souciait de ce qu'il pensait étaient la dernière chose à laquelle il s'attendait.

— Je… commença Jackie en hésitant. Je n'étais pas sûr de ce qui m'arrivait. Quelque chose à propos de cette soirée-là… à propos de te retenir et…. j'ai commencé à me souvenir de choses sur mon passé.

— Je t'ai fait te souvenir ? demanda Adam, luttant pour comprendre.

— Quelque chose que tu as dit à propos de ton père et la façon dont tu aurais aimé qu'il soit encore là, à te guider… J'ai pensé à mon propre père. Je me suis souvenu de lui.

D'après l'expression de détresse dans les yeux de Jackie, les souvenirs devaient être douloureux.

— Je suis désolé. Je n'avais pas réalisé…

— Il y avait beaucoup de bons souvenirs aussi, affirma Jackie en soutenant son regard sans sourciller.

— Je suis content.

— Je pensais que tu serais en colère contre moi, dit-il, l'air surpris.

— Je l'étais, admit-il après avoir pris une profonde inspiration.

Il ne lui dit pas qu'il avait aussi été blessé.

— Je ne comprenais pas pourquoi tu n'étais pas franc avec moi. Je ne le comprends toujours pas, poursuivit-il.

— Je sais que ça ressemble à des conneries, mais j'ai pensé que tu me prendrais pour un cinglé si je te disais la vérité, dit Jackie.

— J'aurais pu, avoua Adam en riant.

Ce qui restait de sa colère s'estompa lorsque Jackie lui adressa un sourire éclatant. Il savait qu'il ne devait pas faire confiance à cet homme, mais tout en lui semblait authentique. Même attentionné. *Comme Jonah.*

— Je suis vraiment désolé. J'ai agi comme une merde.

— Tu n'as pas…

— Je t'ai fait mal.

— Je… oui.

Pourquoi l'avait-il admis ?

— J'ai eu tort de ne pas te le dire, dit Jackie en fronçant les sourcils. J'avais peur.

Il baissa les yeux et pressa ses lèvres l'une contre l'autre. Il avait l'air vulnérable, incertain de lui-même.

Adam ne répondit rien. Il ne savait pas quoi dire. Le silence semblait écrasant, comme un gouffre se creusant entre eux, pour la première fois depuis leur rencontre.

— Pourquoi as-tu appelé ? demanda-t-il enfin.

— Je voulais m'excuser, dit Jackie. Mais plus que cela, je voulais… je devais savoir… j'étais fou de penser qu'il pourrait y avoir plus qu'une romance de vacances, mais une partie de moi espérait vraiment…

Adam avait du mal à déglutir à cause de la boule dans sa gorge. Toute cette scène semblait surréaliste.

— Alors nous sommes tous les deux fous, admit-il. Mais nous sommes tous les deux ici, maintenant.

Il n'avait pas dit qu'il était intéressé, seulement, qu'il l'avait été. Avant de se rappeler qui il était.

Jackie pâlit et Adam sut qu'il avait dépassé les bornes.

— Adam, dit-il. Je…

— Je suis désolé, lança-t-il rapidement. J'aurais dû réaliser qu'une fois que tu te souvenais…

— Ce n'est pas ça.

Jackie se balançait d'un pied sur l'autre, un mouvement inhabituel pour un homme aussi lisse et maître de lui que Jackson Roth aurait dû l'être. Bien plus semblable à Jonah.

— Il y a quelque chose que tu devrais… reprit-il.

— Ce qu'il veut dire, c'est qu'il y a des choses dont il ne se souvient toujours pas, l'interrompit une voix grave de la porte.

— Phil, dit Jackie, son comportement changeant si vite qu'Adam en eut le souffle coupé.

La vulnérabilité qu'il avait ressentie auparavant avait disparu, remplacée par une confiance puissante et une expression totalement dépourvue d'émotion. C'était comme si Jackie avait mis un masque. Ou que Jonah était devenu Jackie.

— Je te présente Adam Preston. Adam, voici Phil Langham.

— Nous nous sommes parlé au téléphone, répliqua ce dernier.

Jackie serra les dents en réponse.

— Enchanté, Phil, dit Adam en serrant la main de l'homme.

— John m'a dit que vous étiez en ville pour discuter de la vente de Prestco, enchaîna Phil du tac au tac. J'espère qu'il a pu vous rassurer.

— Pas exactement.

— Il y a un problème ? lui demanda Jackie.

Il savait bien sûr qu'il y avait un gros problème, Adam lui en avait dit plus qu'assez sur son opposition à l'accord.

— Nous ne sommes pas intéressés pour vendre, répondit Adam.

À en juger par le froncement de sourcils de Phil, celui-ci n'était pas du tout content de l'entendre. Croyait-il vraiment qu'une seule rencontre ferait changer d'avis sa famille ? *Non, il avait un autre atout dans sa manche.*

— Nous vous avons offert un juste prix pour l'entreprise, dit Phil.

— Tout n'est pas une question d'argent, répliqua Adam en jetant un coup d'œil à Jackie qui le regardait avec un intérêt évident.

Comme aucun des deux hommes ne parlait, il poursuivit.

— C'était l'entreprise de mon père. Elle est importante pour ma famille.

— Donc, vous avez convaincu votre frère de ne pas vendre ? répliqua Phil, le visage inexpressif.

— Phil, intervint Jackie, l'acier dans ses yeux démentant son expression neutre. Je ne pense pas que ce soit le bon moment.

L'homme sembla surpris de l'entendre exprimer son opinion, mais il acquiesça.

— Bien sûr. Toutes mes excuses. Je te laisse t'en occuper, alors, dit-il en souriant à Jackie, ce dernier semblant insensible. À plus tard, Jackie. Monsieur Preston.

— Je suis désolé pour ça, s'excusa Jackie en soupirant après son départ.

— Ne t'en fais pas. J'ai l'habitude. Il ne fait que suivre son plan, n'est-ce pas ?

Pourquoi se donnait-il la peine d'avoir cette conversation avec Jonah… Jackie ? Il ne s'était pas prononcé sur la vente. Pour ce qu'il en savait, Jackie était gentil avec lui dans l'espoir qu'il cède et accepte.

— Je ferais mieux de retourner à ma réunion. J'ai un vol à vingt heures et…

— Tu t'en vas ?

— Je suis venu ici pour parler avec vous à propos de Prestco, dit Adam, sachant que c'était sans espoir et se sentant à nouveau en colère. J'espérais te voir et que tu comprendrais peut-être. J'espérais…

Non, il n'irait pas par *là*. Il serait poli et se débarrasserait de Jackie.

— C'était bon de te revoir, Jackie, reprit-il. Appelle-moi la prochaine fois que tu seras dans la région de la Baie.

Comme si !

— Je… bien sûr.

Jackie lui tendit la main et Adam essaya d'ignorer la chaleur qui naquit sur sa peau à ce contact et qui fit vibrer ses doigts.

Cet homme était dangereux à bien des égards. Adam devait à sa famille de garder ses sentiments personnels en dehors de ses interactions avec Entech. Jackson Roth était Entech, même s'il avait essayé de se dire le contraire.

Il sortit du bureau de Jackie et prit l'ascenseur sans dire au revoir à John Morgan. Il ne voulait pas s'attarder un instant de plus.

— À QUOI jouais-tu ? exigea de savoir Phil lorsque Jackie entra dans son bureau quelques minutes plus tard.

— Moi ? C'était quoi ces conneries avec Adam ?

— Ce sont les affaires, Jackie. C'est pour ça que nous sommes là.

— Est-ce que ça veut dire intervenir dans mes affaires aussi ?

Jackie regarda l'expression de Phil changer subtilement alors qu'il redressait ses lunettes.

— Je ne vois pas ce que tu veux dire.

— Bien sûr que *si*. Tu t'es assuré que ses appels ne me parviennent pas, dit Jackie.

— Je n'ai pas…

— Ne me raconte pas de conneries, Phil, répondit-il en le fixant.

Phil soutint son regard.

— De quoi avais-tu besoin de lui parler ? demanda ce dernier en pivotant comme un danseur de ballet.

— Tu es jaloux.

Phil savait-il quelque chose sur ce qui s'était passé entre Adam et lui avant qu'il ne retrouve la mémoire ? Il savait quelque chose sur Adam qu'il ne partageait pas.

— J'ai le droit de savoir à qui mon mari parle, rétorqua Phil avec une expression dure, la colère couvant sous la surface

Jackie détestait être manipulé. Il était temps de couper les ficelles du contrôle de Phil. Il se souvenait suffisamment maintenant pour ne plus avoir besoin d'une baby-sitter.

— Si nous voulons que ce mariage ait une chance de fonctionner, il faut que tu arrêtes d'interférer. Il voulait parler affaires. C'est tout.

— Il veut seulement te parler parce qu'il pense que tu vas l'aider. Et ça veut dire qu'Entech perd.

— Peut-être. Mais il mérite le respect.

— Ne me fais pas la morale, Jackie. Cela ne te va pas.

Il choisit d'ignorer la gifle verbale. Il n'allait pas batailler avec Phil comme un élève de primaire.

— Écoute, je comprends pourquoi tu en as après sa compagnie. J'ai vu les spécifications. Mais tu ne réalises pas que son entreprise, c'est lui. Tu te le mets à dos et tu n'en tireras rien.

— Le service juridique peut l'aider à céder, riposta Phil.

— Tu es sérieux, merde ?

— Je le suis. C'est pour toi que je m'inquiète, répliqua Phil en se frottant la nuque, les sourcils froncés.

— Tu vas me dire ensuite que tu as préparé la chambre de torture au sous-sol.

— L'ancien Jackie aurait aimé ça. Il aurait senti le sang et…

— Je ne suis pas l'ancien Jackie et je suis sûr de ne pas aimer ça.

Bon sang, avait-il été si cruel ? Avait-il pris du plaisir à regarder les gens souffrir ? Pas étonnant qu'il se soit enfui. Son père avait raison. À un moment donné, il avait vendu son âme.

— J'ai vu ta tête lorsque je suis entré, dit Phil. Ce type signifie vraiment quelque chose pour toi.

Jackie serra les dents, puis il se força à se détendre.

— Cela ne te regarde pas, si c'est le cas.

— Je ne suis pas d'accord. Je sais ce qui s'est passé en République Dominicaine entre Preston et toi, révéla-t-il.

— Tu... quoi ?

— J'ai demandé à quelqu'un d'enquêter sur toi, expliqua Phil. Après que tu m'as appelé. Il a parlé à des membres du personnel de l'hôtel où tu travaillais.

Ce n'était pas une surprise. Jackie aurait fait la même chose si leurs positions avaient été inversées. Mais creuser plus que juste les bases ?

— Ce qui s'est passé là-bas n'a pas d'importance. Tu sais que je ne me souve...

— C'est fini, Jackie. Inutile d'y revenir, l'interrompit Phil en se frottant à nouveau la nuque. C'est du passé.

Du passé. Son mariage avec Phil était aussi du passé, mais il ne s'en souvenait pas. Qu'est-ce que cela voulait dire ? Qu'il avait une excuse pour tromper Phil ?

— Je dois me souvenir.

— Prends tout le temps que tu veux, acquiesça Phil d'un signe de tête. J'attendrai.

Pourquoi se sentit-il encore plus mal ?

Chapitre Vingt-cinq

JACKIE s'assit au bord de la piscine du domaine Beverly Hills. L'endroit ne lui était toujours pas familier. Il supposait qu'occupé comme il l'avait été avant de s'enfuir, il avait probablement laissé à quelqu'un d'autre le soin de trouver un endroit pour Phil et lui.

— C'est mauvais, avait-il dit à Lorene la veille au soir. Nous avons toujours été de bons amis. Mais maintenant...

Il l'avait appelée presque tous les soirs depuis son retour aux États-Unis, et il avait souhaité chaque fois être de retour en République Dominicaine.

Tout avait été tellement plus facile là-bas.

— Tu m'as dit que tu n'avais pas bien traité Phil. Que vous vous êtes maltraités l'un l'autre. Ça va prendre du temps, chéri.

— Je ne suis pas très patient.

— Peux-tu répéter ça ? demanda-t-elle en riant. Tu vas trouver une solution. Et lorsque tu le feras, tout aura un sens.

— Tu regardes toujours Oprah, n'est-ce pas ? se moqua-t-il

— Elle est sage.

Il imagina son amie en train de lui faire un clin d'œil.

Phil et lui s'étaient à peu près évités depuis la confrontation avec Adam dans son bureau. Le sujet de leur mariage, et même le rappel de celui-ci, le troublait. Pourtant, Phil lui avait présenté des papiers qui avaient l'air tout à fait légaux. La signature à côté de celle de Phil était la sienne. Quelque chose ne tournait pas rond dans leur mariage. Sans compter qu'il n'y avait pas une seule photo du mariage ou d'eux deux ensemble n'importe où dans la maison.

Phil et lui se connaissaient depuis la fac. Phil n'avait jamais caché le fait qu'il était bi. Mais il n'y avait jamais rien eu de plus qu'une amitié entre eux, ce que Jackie avait apprécié. Phil avait semblé être sur la même longueur d'onde. Du moins, c'était ainsi qu'il s'en souvenait. Pourquoi diable ne se souvenait-il pas du reste ? Il savait qu'il le devait. Cependant, ces souvenirs semblaient figés au plus profond de son cerveau et la clé pour les déverrouiller restait insaisissable.

Le neurologue qui l'avait examiné à son retour aux États-Unis lui avait dit qu'il ne retrouverait peut-être jamais tous ses souvenirs. Mais depuis, il avait réussi à reconstituer la majorité des événements. *Tout sauf ma relation avec Phil.*

Il se souvenait du jour où le site de média social que son ami et lui avaient créé dans la chambre de leur résidence était soudainement devenu le produit le plus populaire sur le Web. Comment il s'était battu pour garder le contrôle d'Entech à la suite d'une offre publique d'achat de Ventix, la plus grande société de logiciels de la planète. La croissance de l'entreprise et le fait que six ans plus tard, c'était lui qui avait lancé avec succès une offre publique d'achat sur Ventix. Comment il était prêt à faire n'importe quoi pour protéger l'entreprise des braconniers.

Comment je suis devenu un enfoiré paranoïaque

Il agita ses pieds dans l'eau et s'imagina à dix mètres de profondeur, pourchassant une raie tachetée. Pas étonnant qu'il ait aimé cette vie, elle était tellement plus simple que celle-ci. Jonah était plus simple.

Plus heureux aussi.

Jonah aurait pu tomber amoureux d'Adam en moins d'une semaine, mais Jackie aurait ri de la stupidité même de l'idée. *Il aurait épousé son meilleur ami et associé seulement parce que c'était pratique.*

137

Était-ce pour cela qu'il avait demandé Phil en mariage ? Pour consolider le bloc d'actions que celui-ci possédait ?

Non. Même l'ancien Jackie Roth n'était pas un si gros salaud. Ou l'était-il ?

Il pensa à Adam et sa gorge se serra. Il sortit son téléphone portable de sa poche et lança un des numéros préréglés.

— Barbara ?

— Que puis-je faire pour vous, monsieur Roth ? demanda son assistante.

Dix-neuf heures et elle répondait toujours à ses appels ? Avait-elle une vie ? Une famille ?

— Des messages pour moi ?

— Je suis désolée, monsieur. Pas de messages.

— Merci.

Il ne s'attendait pas vraiment à ce qu'Adam rappelle, pas après le désastre avec Phil dans son bureau. L'homme n'était clairement pas intéressé par les problèmes qui accompagnaient Jackie Roth. De plus, que penserait-il lorsqu'il découvrirait que Jackie était marié avec Phil ?

— J'ai les rapports que vous avez demandés, reprit Barbara. Je peux vous les envoyer par e-mail, si vous n'avez pas l'intention de venir au bureau demain.

— Bien sûr. Merci.

Peut-être que passer une journée à la piscine lui ferait du bien. Se secouer et se concentrer sur autre chose qu'Adam.

— Puis-je faire autre chose pour vous ? demanda-t-elle.

Il passa une main dans ses cheveux et fixa la lumière du soleil qui se reflétait dans l'eau. Il devait affronter ces problèmes de front. Il avait besoin de se forcer à se souvenir.

— En fait, oui. Gardez-vous toujours mes anciens agendas ?

— Bien sûr, monsieur. Ils sont dans la salle des dossiers à côté de votre bureau.

Elle se tut, puis reprit la parole.

— Si vous me dites quelle période vous recherchez, je serai heureuse de les récupérer.

— S'il vous plaît, sortez tous ceux pour l'année d'avant que je…

Il lutta pour trouver le mot juste.

— Disparaisse, réussit-il à dire.

— Je les aurai pour demain matin, monsieur.

— Merci.

— Avez-vous besoin d'autre chose, monsieur ?

— Des copies des procès-verbaux des réunions du conseil d'administration des dix dernières années. Et toutes les coupures de presse, les archives de photos de l'entreprise, ce genre de choses pour la même période.

— Je vous les apporterai dès que possible. Autre chose ? demanda-t-elle.

— Non. Pas maintenant. Merci pour votre aide.

— De… de rien.

Elle avait l'air surprise. Pourquoi ? Parce qu'il la remerciait pour son aide ?

Probablement. Jackie Roth s'attendait à ce que son personnel soit performant. Il ne leur devait rien d'autre qu'un gros chèque de paye.

— Rentrez chez vous, Barbara, dit-il.

— Monsieur ?

— Il est tard. Quelqu'un doit vous attendre.

Le silence régna pendant un moment au bout de la ligne.

— Êtes-vous sûr ? demanda-t-elle enfin.

— J'en suis sûr. Je peux toujours vous appeler s'il se passe quelque chose.

— Merci, monsieur. Passez une bonne soirée, dit-elle d'un ton vif.

— Vous aussi.

Il fixa le téléphone une fois qu'elle eut raccroché, puis se leva. Son idée d'une journée de détente à la piscine ressemblait à une peine de prison. Il avait besoin de faire quelque chose. De s'éloigner de cet endroit qui le rendait claustrophobe. Un endroit où il pourrait penser. Se vider la tête. *Quelque chose. N'importe quoi.*

Dix minutes plus tard, il chevauchait sa vieille Vespa à travers Beverly Hills, le vent sur le visage. Malgré lui, il pensait à Adam. Il devait le voir. Il devait lui dire la vérité sur son mariage avant qu'il ne l'apprenne par les médias. Parce que tôt ou tard, les médias tomberaient sur l'histoire.

Et ensuite quoi ? Tu lui dis et tout se met en place comme par magie ?

Il ne s'attendait à rien de tout cela, mais il savait que c'était la bonne chose à faire. C'était une raison suffisante pour dire la vérité. Il se dirigea vers l'aéroport ; une décision prise en une fraction de seconde qu'il espéra ne pas regretter. L'ancien Jackie prenait peut-être des risques, mais il ne faisait jamais rien sans réfléchir. Là, il n'avait pas réfléchi du tout, mais il s'en moquait.

Il avait besoin de voir Adam, ne serait-ce que pour clore ce chapitre pour toujours.

Chapitre vingt-six

— **ADAM ?** Il y a quelqu'un qui veut te voir, dit sa mère du bas de l'escalier.

Il prit une grande inspiration. La journée avait déjà été trop longue. Il était rentré de Los Angeles quelques heures auparavant et il était retourné directement chez lui. Il s'était changé, avait enfilé un bas de survêtement confortable et un tee-shirt puis, il avait posé les pieds sur un fauteuil et avait pris le livre qu'il avait abandonné avant son voyage en République Dominicaine.

Il se leva et mit des tongs. Il descendit les marches malgré son épuisement et imita au mieux son sourire. Jackson Roth était la dernière personne qu'il s'attendait à trouver debout dans l'entrée.

— Jacks... Jackie. Qu'est-ce que tu fais ici ? Comment es-tu arrivé là ?

— J'ai pris mon avion privé. Je suis venu te voir.

— Si tu penses que tu vas me convaincre que vendre Prestco est la bonne chose à faire, tu fais fausse route.

Il n'avait pas eu l'intention de s'en prendre à Jackie, mais il était trop fatigué pour penser clairement. Il voulait juste sa vie habituelle. Sans Entech. Sans Jackson. Cet accord avait réussi à s'infiltrer dans tous les aspects de sa vie, comme un arbre prenant racine. Les racines traçaient leur chemin à travers son cœur pour atteindre sa famille, son travail et même le souvenir du temps qu'il avait passé avec Jonah. Il ne voulait en parler à personne, encore moins à Jonah. Ou quel que soit son nom.

— Je ne suis pas là pour affaires, assura Jackie, son expression sincère semblant crédible et la tristesse dans ses yeux réelle. Je suis venu pour te parler.

— Me parler ?

— À propos de nous.

— Nous ? répéta Adam en retenant un soupir. Il n'y a pas de nous, Jackie. C'était un fantasme. Ceci est la vraie vie.

— Tout ce que je te demande, c'est de m'écouter. Laisse-moi te parler, dit-il, pinçant ses lèvres. S'il te plaît.

Il ajouta ces derniers mots lorsqu'Adam ne répondit pas.

Adam donna son accord pressentant que c'était une erreur

— D'accord. Veux-tu te joindre à moi dans un endroit plus confortable ?

— Bien sûr, répondit Jackie, la tension dans sa mâchoire s'effaçant.

Adam le conduisit vers le porche où ils s'assirent l'un en face de l'autre dans des fauteuils en osier. Les fenêtres vitrées et le poêle à bois permettaient de se sentir à l'aise malgré le froid extérieur.

— Belle vue, déclara Jackie. Je peux voir pourquoi tu aimes cet endroit.

Adam se souvint des conversations qu'il avait eues avec Jonah à propos de la maison de sa famille et cela le rendit nostalgique. Presque triste. Cela n'avait aucun sens de voir à quel point de telles conversations lui manquaient ; des échanges qu'il avait eus avec un étranger pendant ses vacances. Mais rien n'avait de sens lorsqu'il était question de Jonah.

Jackie, se rappela-t-il. *Jonah n'existe pas.*

La porte menant à la maison s'ouvrit et la mère d'Adam s'avança prudemment, portant un plateau avec un pot de thé, du miel et deux tasses.

— Voulez-vous boire quelque chose ?

— Volontiers, dit Jackie.

— J'ai cru comprendre que tu avais rencontré ma mère, dit Adam en prenant le plateau des mains de celle-ci afin de le placer sur la petite table entre eux.

— Oui, répondit Jackie en souriant gentiment. Merci pour le thé.

— Je suis toujours heureuse de préparer du thé pour les charmants amis de mon fils, assura-t-elle avec un sourire qui amena Adam à se demander à quel point elle avait deviné leur relation.

— Vous ne me trouverez peut-être pas aussi charmant lorsque vous saurez où je travaille, répondit-il en pinçant ses lèvres.

— Jackie est l'un des propriétaires d'Entech, expliqua Adam.

— Je vois. Vous n'avez pas l'air particulièrement dangereux, ajouta-t-elle, les sourcils froncés.

— Je suppose que cela dépend du contexte, dit-il en riant.

— C'est intrigant. Mais je ferais mieux de vous laisser tous les deux. Peu importe ce dont il s'agit. Revenez bientôt, Jackie.

— Merci, madame.

Puis elle sortit.

— C'est une femme intelligente, ajouta-t-il après son départ. Comme son fils.

— Je déteste être impoli, mais pourquoi es-tu venu ? dit Adam qui n'avait plus assez d'énergie pour les bavardages.

— C'est un peu compliqué.

Tout était compliqué avec Jackson Roth.

— J'en suis sûr.

Jackie but son thé, puis reposa sa tasse.

— Moi, je ne suis plus sûr de rien, répliqua-t-il après une longue pause. Surtout pas de ce qu'il faut te dire. Mais j'avais besoin de te voir. De te parler. Te dire…

Il gigota sur son siège avant de poursuivre.

— Merde. Je ne peux même pas tout exprimer en mots.

— Jackie, j'apprécie vraiment que tu aies pris le temps de venir ici, mais je suis fatigué, dit Adam, en faisant de son mieux pour être aimable. Nous pourrions peut-être, une autre fois…

— Ce qui s'est passé entre nous à l'hôtel, je sais que ça peut paraître ringard, mais ça signifiait quelque chose pour moi.

Adam ne répondit pas. Il n'était pas prêt à se rendre à nouveau vulnérable.

— J'en suis heureux, fut tout ce qu'il dit.

Jonah scruta son visage pendant un moment comme s'il essayait de comprendre ce qu'Adam ressentait, puis il sembla rassembler ses pensées et se concentrer une fois de plus.

— Lorsque je t'ai appelé, après mon retour, j'allais te demander si tu accepterais de me revoir, poursuivit-il. Peut-être un rendez-vous.

Adam déglutit avec difficulté et contrôla son expression.

— Mais tu n'as jamais demandé.

— Non. Je voulais… je voulais vraiment, dit-il en se frottant la bouche d'une main, les sourcils froncés. Mais il s'est passé quelque chose. En fait, c'est arrivé, il y a presque dix ans.

Il prit une petite gorgée de son thé comme pour se stabiliser avant de continuer.

— Je ne m'en souviens pas, mais…

Il se tut et serra les dents.

Cet homme était une vraie contradiction. Parfois complètement en contrôle et responsable, parfois… *comme Jonah.*

— Je suis marié, avoua-t-il finalement, les mots prononcés très doucement, comme pour ne pas blesser.

Comment faire quand il ne pouvait s'empêcher d'en être blessé malgré tout ?

— Je ne suis pas sûr d'avoir bien entendu, dit Adam, se sentant brusquement mal à l'aise.

— Je suis marié, répéta Jackie, sa voix plus claire cette fois. À Phil.

— Langham ? Mais…

— Cela n'a pas était annoncé dans les journaux, expliqua Jackie. Nous avions accepté de garder le secret, apparemment.

— Apparemment ?

Adam poursuivit avant que son invité puisse lui répondre.

— Oh, c'est vrai. Tu ne t'en souviens pas.

— Je ne m'en souviens vraiment pas, répliqua Jackie en fronçant les sourcils. Je suis sincèrement désolé.

Adam était incapable de trouver ses mots. Cette révélation expliquait la venue de Jackie. *Il a probablement pensé que je pouvais l'apprendre dans un média.* Pourquoi se soucierait-il de la façon dont Adam en entendrait parler ? *À moins qu'il ne se soucie vraiment de toi.* Mais à quoi cela servait-il ? Il était l'un des fondateurs de la société qui scindait sa famille. Aux dires de tous, il était impitoyable. *Sans cœur.* Et encore…

— Pourquoi me dis-tu cela ? réussit-il enfin à dire

— Je… je ne suis pas sûr. Je suis sûr que je tiens à toi. Je suis sûr que je veux te revoir, mais je ne sais pas encore ce que tout cela signifie.

Pour la première fois, Adam remarqua les cernes sous les yeux de Jackie. Son bronzage commençait à s'estomper. *Jonah…*

— Je vois.

Ce n'était pas vraiment le cas, mais ça semblait être la bonne chose à dire.

Jackie leva la main comme s'il allait la poser sur le visage d'Adam. Un geste qui rappelait tant le temps passé ensemble qu'une douleur s'installa dans sa poitrine. Mais Jackie retira sa main avant de le toucher.

— Je suis désolé, dit-il en fixant ses mains, maintenant en sécurité sur ses propres genoux. Je pensais que c'était la bonne chose à faire. Te le dire.

Il hésita, puis leva les yeux et fixa Adam avec les yeux de Jonah.

— Non. Ce n'est pas être honnête envers toi ou envers moi. Je… je voulais te voir. J'avais besoin de te voir. C'était égoïste de ma part.

— Non, protesta Adam avec plus de véhémence qu'il ne l'avait prévu. C'était honnête. Cela aurait été mille fois pire si j'en avais entendu parler par quelqu'un d'autre. Venir ici…

Il hésita un moment, puis décida de dire ce qu'il pensait, quelles qu'en soient les conséquences.

— … C'est quelque chose que Jonah ferait. Quelque chose qu'il se préoccuperait de faire, même si c'était difficile.

Adam s'attendait à un minimum d'irritation. Mais Jackie sourit.

— Merci.

— Quoi ?

— Tu vas probablement rire, mais t'entendre dire ça ? dit Jackie en haussant les épaules. Personne n'aurait le cran de dire de Jackie ce qu'il est… Ce que *je* suis. Un abruti égocentrique.

— Je ne l'ai pas dit comme ça.

— J'aime la façon dont tu l'as dit. Merci, répéta-t-il en se levant. Pour m'avoir écouté et traité comme un ami.

Amis. Le mot sonnait creux. Adam ne pensait pas avoir la force d'être ami avec cet homme. Il ne pensait pas pouvoir le supporter.

— Tu veux me demander quelque chose, dit Jackie en lisant dans ses pensées.

Il avait toujours été si doué pour deviner ce qu'Adam pensait. Trop bon.

— Qu'est-ce que tu veux ?

— Qu'est-ce que je veux ? À propos du mariage ? demanda Jackie.

— Oui.

Jackie contrôla son expression. C'était comme une porte qui se refermait et, avec elle, tous les espoirs d'Adam pour quelque chose de plus.

— Je dois me souvenir, dit-il. J'ai pris un engagement. Je dois l'honorer.

— Bien sûr.

Une réponse débile, mais qu'était-il censé dire ? En un sens, il admirait l'autre homme pour cela.

— Je ferais mieux d'y aller, dit Jackie, sentant sans doute la tension dans l'air et espérant ne pas être écrasé par elle.

— Merci d'être venu.

Les mots semblaient maladroits, inadéquats.

Une minute plus tard, il regardait Jackie partir. Il supposa qu'il aurait dû lui demander de l'aider pour l'offre de rachat. Il se demanda un instant pourquoi il s'y était refusé. Les amis aidaient les amis, n'est-ce pas ? Mais il n'aurait pas pu le demander. Cela sonnait faux.

Pourquoi ? C'était l'ouverture parfaite. L'occasion parfaite.

Adam s'assit lourdement. Il prit sa tasse à moitié vide et but son thé. Le goût de la boisson lui rappela des souvenirs du temps passé avec son père, travaillant sur une maquette de cuirassé sur cette même table. Le parfum des raisins flottant dans l'air. Les bruits de Roger et Karen qui couraient sur la pelouse, pourchassant un oiseau et battant des bras comme des ailes.

Il ferma les yeux et essaya de s'enfoncer dans les souvenirs heureux. Il caressa l'anneau en argent et ses pensées se tournèrent à nouveau vers Jonah. Alors qu'ils plongeaient. Dînaient. Se parlaient. Faisaient l'amour. Son sourire éclatant et son insouciance. Sa chaleur. Son honnêteté.

La prise de conscience se fit d'un seul coup, comme après une tempête lorsque la mer se transforme en verre et laisse la lumière du soleil pénétrer l'eau. Il n'avait pas seulement eu une conversation difficile avec Jackson Roth. Il l'avait eue aussi avec *Jonah*.

Chapitre Vingt-sept

— **SALUT,** c'est Adam, dit-il en tenant son téléphone portable entre sa joue et son épaule tandis qu'il tapotait nerveusement sur le bureau.

Roger et lui ne s'étaient plus parlé depuis leur dispute au sujet de la vente d'Entech et comme la réunion approchait, dans quelques jours seulement, il savait que cette conversation avait attendu trop longtemps

— Adam, si tu appelles seulement pour me convaincre de changer d'avis sur la vente, tu peux oublier.

— C'est en partie pour ça, admit-il en réprimant un soupir. Mais je voulais surtout parler.

Des années auparavant, ils parlaient de tout. Mais après la mort de leur père et l'éloignement de Roger, ils avaient à peine échangé quelques mots. Ils étaient tous les deux en deuil et aucun d'eux ne semblait savoir comment tendre la main à l'autre.

— D'accord. Alors, parle, dit son frère, semblant impatient, même un peu nerveux.

— Comment vas-tu ? demanda Adam avec hésitation.

— Je vais bien.

Adam ne s'attendait pas à ce que l'accueil de son frère soit aussi froid. Cela n'avait pas d'importance. Il n'abandonnait pas si facilement.

— Écoute, Roger. Y a-t-il une possibilité que nous nous réunissions en famille ? Que nous parlions de tout ça ?

— Dans quel but, Addy ? Afin que vous puissiez vous liguer contre moi ?

— Pour mieux comprendre.

— Il n'y a rien de compliqué là-dedans, répondit Roger. Papa est mort. L'entreprise était son bébé. Tu pourrais lancer ton entreprise demain avec les clients que tu as fait signer.

— C'est vrai, confirma-t-il, ne voulant pas le nier. Mais comme l'affaire est montée, celui qui achète Prestco m'achète aussi.

— Alors, dis à Entech qu'ils ne peuvent pas t'avoir.

Si seulement c'était aussi simple !

— Je ne peux pas. Lorsque la société a emprunté de l'argent pour démarrer la division des logiciels, j'ai fait partie de l'accord. Ils pourraient, non seulement me poursuivre pour rupture de contrat, mais l'accord de non-concurrence que j'ai signé m'empêcherait de travailler ailleurs pendant cinq ans.

— Tu pourrais faire autre chose, souligna Roger. En plus, Entech est un gros concurrent. Tu serais probablement très bien payé.

— Je ne veux pas travailler pour eux.

Comment pourrait-il expliquer que travailler pour Entech serait comme vendre son âme ?

— Donne-moi juste un peu de temps, reprit-il. Encore quelques années et je pourrai racheter ta part. Si nous reportons cette réunion…

— Tu as peur de perdre, n'est-ce pas ? demanda son frère. C'est de ça qu'il s'agit. Tu sais que maman pourrait avoir envie de vendre.

— J'ai peur de ce que cela va faire à notre famille.

— Tu aurais dû y penser avant, alors, répliqua son frère en riant. Si tu ne m'avais pas combattu, tout irait bien.

— Vraiment ?

Adam n'en était pas si sûr. Depuis combien de temps Roger et lui n'avaient-ils pas passé de temps ensemble ? En fait, ils se parlaient à peine. L'affaire Entech n'était pas la seule fautive.

— Peu importe. Écoute, je dois y aller.

— Donc, tu ne changeras pas d'avis ? Sur le fait de reculer la réunion de quelques mois ?

— Ça n'a pas d'importance. Ce sera pareil à ce moment-là.

— Roger ?

— Quoi ? aboya-t-il.

— Je suis désolé.

Il éprouvait des difficultés à avaler à cause de la boule dans sa gorge. Comme son frère ne répondit pas, Adam reprit la parole.

— Je suis vraiment désolé. Je n'ai jamais voulu que cela se termine ainsi entre nous.

Il n'y eut de nouveau que le silence.

— Quoiqu'il arrive, je veux que tu saches que je t'aime, dit Adam. Tu me manques.

Ça me manque d'être ton ami. Ça me manque de veiller sur toi comme ton grand frère.

— Au revoir, Addy.

— Oui. Au revoir.

Il posa le téléphone et se frotta les yeux. Roger avait-il raison ? Il pouvait simplement accepter l'offre d'Entech et continuer à faire le travail qu'il aimait le plus. Il aurait aimé avoir quelqu'un avec qui en parler. Quelqu'un comme Jonah.

Chapitre Vingt-huit

LE lendemain soir, Adam rentra chez lui juste après vingt-deux heures sous une pluie battante. Il avait passé la majeure partie de la journée à rattraper les tâches qu'il avait reportées depuis son retour de vacances, mais ses pensées sur Jonah l'avaient distrait. Pourquoi diable avait-il décidé de venir à l'improviste ? N'avait-il pas compris que cela rendait toute cette situation encore plus difficile ?

Il était sûr que l'homme qui s'était présenté sur le pas de sa porte était Jonah, pas Jackie Roth. Mais il y avait quelque chose dans ses yeux qui n'allaient pas. Dans le ton de sa voix. Le manque d'humour. L'éclat dans ses yeux bleus s'était estompé. Où s'était peut-être enfui devant la réalité. Adam avait vu la douleur réelle sur son visage. Puis il y avait eu la conversation avec Roger, la crainte qui semblait accompagner ses pensées sur Entech et la réunion à venir. Il avait essayé de parler à sa mère de la vente avant ses vacances, mais elle lui avait dit qu'elle réfléchissait à vendre et qu'elle se déciderait en temps voulu. Ils s'étaient à peine retrouvés seuls depuis son retour de vacances, même si elle vivait dans la maison de Napa. Il craignait d'en parler avec elle, mais il supposa qu'il n'avait pas le choix. Il ne lui restait plus beaucoup de temps.

Adam entra dans la maison, rejetant ces pensées alors qu'il accrochait sa veste au portemanteau à l'arrière de la porte. Qu'est-ce que cela changerait ? C'était fini entre Jonah et lui et il avait trop de choses à faire pour perdre le sommeil à cause de l'homme qui tenait l'avenir de sa famille dans sa main. Et si sa mère voulait vendre, c'était son droit, n'est-ce pas ?

Il s'attendait à trouver sa sœur l'attendant, mais il trouva sa mère à la place, assise à la table de la cuisine avec une tasse de thé à la main.

— Longue journée ? demanda-t-elle.

— On peut dire ça, admit Adam en s'asseyant face à elle.

Elle sourit, se leva, puis alluma la bouilloire électrique.

— Caféine ou tisane ?

— Tisane.

Il était déjà trop tendu, malgré son épuisement. S'il voulait essayer de lui reparler, il devait y aller doucement. La mettre à l'aise. Voir s'il y avait une marge de manœuvre dans sa position. *Si au moins elle en avait une.*

— J'arrive, dit-elle en sortant un sachet d'infusion d'une boîte peinte sur le comptoir et le mettant dans une tasse.

— Merci, maman.

— L'histoire de ce Jackson Roth est fascinante, dit-elle en s'appuyant sur le comptoir, les yeux fixés sur lui.

Elle partait à la pêche.

— Fascinante.

— Il a l'air d'être un gentil jeune homme, continua-t-elle.

— Je suppose que oui.

Il ne voulait vraiment pas parler de Jackie ou de Jonah avec elle.

— Je ne suis pas aussi déconnectée que tu le penses, dit sa mère, ses yeux bleus scintillants de malice.

— Tu as parlé à Karen.

— Elle a dit que ce n'était pas un secret, répondit-elle.

C'était vrai. Il n'avait pas dit à sa sœur que le fiasco Jonah/Jackson était un secret. Il voulait peut-être que les gens l'apprennent

— Ce n'en était pas un.

— C'était gentil de sa part de venir te voir. Je suis désolée de ne pas avoir pu lui dire au revoir. Il a l'air très amical.

— Jackson ? Ou Jonah ?

Elle lui pardonnerait d'être pénible. Elle le faisait toujours.

— À toi de me le dire, répliqua-t-elle en riant.

— Je ne sais pas.

C'était la vérité. Il ne savait pas à qui il avait parlé à Los Angeles. Il pensait que c'était Jonah, mais il n'était pas intervenu pour le défendre non plus lorsque Langham les avait trouvés dans le bureau. Et pourtant, il était sûr qu'il avait parlé à Jonah sous le porche.

Peut-être qu'il est encore plus confus que toi.

— Qu'as-tu l'intention de faire à ce propos ? demanda-t-elle.

Il pouvait compter sur sa mère pour poser les questions difficiles.

— Veiller à ce qu'Entech ne touche pas à l'entreprise familiale ?

— Je ne parlais pas de l'offre de rachat, affirma-t-elle en versant de l'eau chaude dans la tasse avant de l'amener à la table et de le poser devant lui. Du miel dans ta tisane ?

— Non, merci, dit-il en clignant des yeux.

— Eh bien ?

— C'est juste les affaires. La seule chose qui m'importe, c'est qu'il ne touche pas à Prestco.

Il regretta immédiatement le ton de sa voix.

— Désolé. Je ne voulais pas être brusque.

— Ne t'excuse pas. C'est moi qui ai posé la question, dit-elle en s'asseyant à nouveau. À propos de l'affaire… c'est toi qu'ils veulent, n'est-ce pas ?

— Quoi ?

— Karen dit qu'ils sont intéressés par l'application d'interface.

Sa mère buvait son thé en toute décontraction, mais Adam était sûr qu'elle le guidait délibérément tout au long de la conversation. Il était trop fatigué pour s'y opposer et il était curieux aussi puisqu'elle n'avait montré aucun intérêt pour l'entreprise depuis la mort de son père.

— C'est ce que je me suis dit. Mais l'entreprise a de la valeur et…

— Foutaises.

Il resta bouche bée. Il ne l'avait jamais entendue jurer avant. Jamais.

— Quoi ? s'exclama-t-il en la fixant.

— L'entreprise ne vaut pas un clou. Pas sans ton talent.

— Mais…

— Mais rien, rétorqua-t-elle en posant sa tasse pour croiser son regard. J'aimais ton père. Beaucoup. Mais il n'avait presque aucun sens des affaires. S'il n'était pas mort à ce moment-là, il n'y aurait plus eu d'entreprise à diriger.

Il fixa sa mère, incapable de parler.

— Les composants informatiques, c'est dépassé, dit-elle joyeusement. Les gens achètent de nouvelles machines tous les deux ans. J'ai vu les recettes diminuer et j'ai vu les royalties monter en flèche. Karen m'a dit qu'ils représentaient 90% des revenus l'an dernier.

— Je… je n'avais pas réalisé que tu suivais ce qui se passait avec l'entreprise.

— Je ne l'ai pas fait après la mort de ton père. Mais avec l'offre de rachat, je me suis dit que je ferais mieux de me remettre un peu au goût du jour. J'ai même téléchargé une de tes applications sur mon smartphone, dit-elle avec franchise avant de se lever calmement et de verser de l'eau dans sa tasse.

Un smartphone ? La dernière fois qu'il avait vérifié, elle utilisait un vieux téléphone à clapet. Était-ce sa mère ? C'était presque aussi surréaliste que tout le truc avec Jonah.

— Je pensais que tu voulais vendre, dit-il, incrédule. Je croyais…

— Est-ce que je t'ai déjà dit que c'était ce que je voulais ? dit-elle en haussant un sourcil, les commissures de sa bouche légèrement relevées.

— Je… non. Mais tu as dit que tu y pensais et j'ai cru…

— Tu as aussi supposé que je n'avais pas foi en toi pour faire de Prestco quelque chose de plus grand.

Il prit une longue gorgée de tisane. Il avait besoin de temps pour digérer ce qu'elle disait et il ne savait pas quoi lui répondre.

— Tu sais ce qu'on dit sur les suppositions.

— J'ai clairement été un crétin, dit-il en riant.

— Quelque chose comme ça.

Elle posa une main sur la sienne.

— Mais si j'ai tort et que l'entreprise coule ?

Il survivrait. Il pourrait toujours trouver un emploi en travaillant pour un développeur de logiciel. Karen se ferait happer en une seconde par un cabinet d'avocats spécialisés en propriété intellectuelle, sans parler du travail de son mari dans les vignes qui était bien rémunéré. Mais le travail de Roger ne cassait pas trois pattes à un canard et sa mère dépendait des revenus de Prestco. Elle n'avait que soixante-huit ans. Il lui restait beaucoup de bonnes années.

— J'ai plus qu'assez d'argent, dit-elle.

— Mais sans les revenus de Prestco, tu…

— Plus d'hypothèses, dit-elle en souriant carrément. Tu sais que j'ai un baccalauréat en comptabilité.

— Bien sûr. Tu étais une excellente comptable.

— J'ai toujours aimé jouer sur le marché.

— Le marché ? Wall Street ?

Totalement surréaliste.

— Ton père a insisté afin que j'aie un peu d'argent de poche. Pour les soirées entre filles. Le shopping. Ce genre de choses. J'en ai investi la plus grande partie. J'ai pensé que cela pourrait être utile, expliqua-t-elle en passant un doigt sur le bord de sa tasse. Mais j'avais tort pour l'entreprise. Nous n'avons jamais eu besoin de puiser dans mon petit fonds pour joindre les deux bouts.

Elle haussa les épaules avant de conclure.

— Alors, j'ai continué. Il y a plus qu'assez maintenant.

— D'accord, dit-il en luttant pour garder son sérieux. Tu m'as bien accroché. Vas-tu me dire ce qu'est « plus qu'assez » ?

— La dernière fois que j'ai vérifié, environ vingt-cinq millions de dollars, dit-elle avec un sourire malicieux. À quelques centaines de milliers près.

Adam mit le bout de ses doigts sur ses tempes et ferma les yeux.

Bordel. C'était plus que ce que Prestco valait. Le double de ce qu'Entech offrait.

— Je ne comprends pas.

Euphémisme du siècle !

— Pourquoi ne m'as-tu pas dit tout cela avant ? Je veux dire à part le fait que je n'ai jamais demandé. Pourquoi ne m'as-tu pas dit que tu ne voulais pas vendre tes actions ? poursuivit-il.

— Parce que je n'avais pas pris ma décision, expliqua-t-elle en soulevant la tasse de thé jusqu'à ses lèvres pour la vider. Je voulais voir ce que tu ferais pour Entech. Tu as fait du bon travail. C'est tout ce que j'avais besoin de savoir. J'ai pris ma décision.

— Merci.

— Tu n'as pas l'air content de l'entendre.

Elle fronça les sourcils.

— Oh, non, dit-il rapidement. Je le suis. C'est juste… J'ai parlé à Roger ce matin.

Il soupira.

— Pas bon, n'est-ce pas ?

— Parfois, je me demande si ça vaut le coup de continuer à s'opposer à la vente. Peut-être que je suis idiot, dit-il en secouant la tête.

— Tu n'es pas un idiot.

— Mais...

— Roger a besoin de temps, reprit-elle d'une voix douce et gentille. Le temps de guérir.

Elle sourit tristement avant de poursuivre.

— Mais vendre Prestco ne fera pas disparaître son chagrin.

— Tu crois que c'est pour ça... ? demanda Adam en fronçant les sourcils.

— Prestco, c'était quelque chose que tu avais en commun avec ton père. Je pense qu'il a toujours été jaloux de ça.

— Merde.

Adam ne se sentit pas vraiment mieux en entendant cette déclaration.

— Ce n'est pas de ta faute, Adam, répliqua-t-elle d'un ton brusque. Alors, ne te tracasse pas. Je te l'ai dit parce que je pensais que ça t'aiderait à comprendre. Ce n'est pas une question d'argent pour lui.

— Merci, dit-il en se frottant l'arête du nez. Ça aide d'entendre ça.

— Bien. Maintenant que tu sais que tu ne peux rien dire pour faire changer d'avis ton frère, qu'en penses-tu ?

— Qu'est-ce que tu crois que je devrais faire ?

— Tu devrais faire ce qui te rend heureux, dit-elle en inclinant la tête d'un côté, les lèvres pincées. Et ne me dis pas que tu fais ça pour ton père ou ta famille. Je veux entendre ce que tu veux.

— J'aime concevoir des applications. J'ai quelques idées qui pourraient nous rapporter gros. Et avec Karen qui m'aide à gérer les affaires, je suis plutôt heureux.

Cela faisait du bien de le dire.

— Bien. Alors, c'est réglé. Je te donne ma procuration. Tu peux faire ce que tu veux de mes actions.

— Tu es sérieuse ?

— Je suis sérieuse. J'ai dépassé l'heure de me coucher, dit-elle en souriant à nouveau avant de bâiller en pointant du doigt l'horloge au-dessus de l'évier.

— Tu ne m'as pas posé de question sur Jackson Roth, fit-il remarquer.

— Non, je ne l'ai pas fait.

Elle mit sa tasse dans le lave-vaisselle avant de se pencher et de le serrer dans ses bras.

— Je suis peut-être douée avec l'argent, mais je préfère rester en dehors de la vie amoureuse de mon fils.

Elle l'embrassa sur la joue et lui fit un geste de la main en sortant de la pièce.

— Bonne nuit.

— Bonne nuit, maman.

Il la regarda partir, puis se laissa aller dans son siège et se mit à rire. Cela faisait du bien de rire pour changer.

Chapitre Vingt-neuf

LE jour de la réunion avec Entech arriva enfin. Des semaines auparavant, Adam ne voulait rien de plus qu'en finir. Maintenant qu'il savait que Roger était le seul Preston qui n'était pas de son côté, il était prêt à aller de l'avant avec sa vie et ses plans de transition de l'ancien modèle de vente des composants informatiques à celui des logiciels et applications qu'il envisageait.

Karen et lui avaient pris l'avion la veille au soir tandis que Roger était parti pour Los Angeles dans le milieu de la semaine sous prétexte de rendre visite à un vieil ami dans la région. Adam serait prêt à parier que Roger avait passé les jours supplémentaires à travailler avec le personnel d'Entech afin de développer une stratégie pour la réunion.

Honnêtement, il s'en moquait. Roger voyait l'entreprise comme un outil et n'avait jamais compris le besoin de son frère de garder l'héritage de leur père à flot.

Karen toucha le dos de la main d'Adam dans un rappel silencieux de son soutien alors qu'ils prenaient l'ascenseur jusqu'à l'un des étages supérieurs. Ils s'installèrent dans la salle de conférence quelques minutes plus tard. Il pensa à sa rencontre fortuite avec Jackie dans le couloir à l'extérieur et se demanda s'il pourrait le revoir. Il n'était pas sûr de le vouloir. Ce jour-là, moins que tout autre, il n'avait pas besoin d'un flot d'émotions qui l'empêcherait de se concentrer sur ce qui comptait.

— Respire, dit sa sœur. Tout va bien se passer.

Il lui sourit et se leva de son siège. Il se dirigea vers la fenêtre et regarda la ville. En dessous, les voitures lui rappelaient les jeux de course qu'il avait adorés lorsqu'il était enfant, ceux avec lesquels il avait joué et rejoué jusqu'à ce que les batteries s'épuisent.

Il sourit à ce souvenir. *Qu'est-ce que tu ferais, papa ?* Il se demandait si son père se serait autant soucié de sauver l'entreprise que lui. Était-ce mal de vouloir la sauver, si c'était le seul lien réel qu'il avait encore avec son père ?

Tu sais que ce n'est pas vrai ! La maison était autant l'héritage de son père que l'entreprise. *Appelle un chat un chat. Tu la veux parce que c'est* ton *entreprise maintenant.*

— Je peux entendre tes pensées jusqu'ici, dit Karen de derrière lui.

Il n'avait même pas remarqué qu'elle s'était levée.

— Désolé.

— Ne le sois pas, répliqua-t-elle en lui serrant l'épaule. Tu fais ça pour nous tous, Addy. Mais c'est bien de le faire pour toi aussi.

— Merci, murmura-t-il en la serrant dans ses bras. Je n'aurais pas pu le faire sans ton soutien.

— C'est pour ça que je suis là.

— **C'EST** un plaisir de vous revoir, Adam, le salua Phil Langham en entrant dans la salle de conférence dix minutes plus tard avec, sur les talons, John Morgan et sa suite habituelle de stagiaires aux visages poupins.

Roger était à l'arrière du groupe, semblant mal à l'aise et ne regardant pas directement son frère.

Tout va bien se passer. Nous travaillerons à recoller les morceaux lorsque ce sera fini. Quoi qu'il se passe.

Adam était à la fois soulagé et déçu que Jackie ne soit pas présent à la réunion. Il se raidit et repoussa l'image de Phil et Jackie ensemble alors qu'il serrait la main de ce dernier. Il devait être lucide pour cette réunion.

— Phil. John. Je suis ravi de vous voir aussi. Voici ma sœur, Karen Carter.

— Madame Carter.

Adam attira finalement l'attention de Roger. Il lui offrit un sourire rassurant et espéra que son frère le prendrait comme il l'avait voulu ; d'un frère à l'autre. Roger pâlit et détourna le regard.

Ils se serrèrent la main et s'assirent autour de la table. À l'extérieur de la fenêtre de la salle de conférence, un hélicoptère suivait une ligne de circulation à peine en mouvement et le soleil brillait déjà sur les fenêtres des bâtiments voisins.

— Et si nous passions aux choses sérieuses ? demanda Phil en s'installant à la tête de la table.

— Bien sûr, répondit Adam en croisant le regard de l'homme sans faillir. Mais je ne pense pas qu'il y ait grand-chose à dire.

— Il y a un problème ? demanda Phil sans inquiétude.

Comme si vous ne le saviez pas ! L'homme l'énervait plus que tout.

— Ma mère m'a donné sa procuration, répondit Adam en prononçant les mots comme il les avait répétés dans sa chambre d'hôtel la veille au soir. Je contrôle 68% des actions de Prestco. Nous ne sommes pas intéressés par la vente.

Le sourire de Phil était aimable, mais Adam se demanda s'il n'avait pas été dépassé en voyant l'air satisfait sur le visage de John. Il contrôla son expression et attendit la réponse de Phil.

— C'est malheureux, dit ce dernier en faisant un geste vers John qui lui remit un dossier contenant un certain nombre de documents. Je pense que vous changerez peut-être d'avis une fois que vous aurez lu ceci.

John distribua les documents autour de la table, suscitant quelque chose entre un soupir et un grondement de la part de Karen. Il s'agissait de documents juridiques, Entech contre Prestco Inch. La plainte portait sur une contrefaçon de brevet.

À l'autre bout de la table, Roger avait l'air confus. Eh bien, c'était déjà ça, au moins. Adam aurait détesté penser que son frère s'abaisserait aussi bas.

— Vous plaisantez ? siffla Karen alors qu'elle parcourait la plainte. Mon frère a développé ces applications. Nous avons enregistré tous les documents appropriés.

— Ce n'est pas ce que montrent nos dossiers, dit John presque joyeusement. En fait, nous pensons qu'il existe des preuves que votre frère a volé les idées pour les applications en question sur le serveur d'Entech.

Bande d'enfoirés. Adam inspira lentement et se refusa à crier. Cela n'aiderait pas.

— Vous n'avez rien, dit-il lorsqu'il fut sûr d'avoir mis sa colère sous contrôle. Vous le savez.

— Alors, il vous suffira de le prouver, n'est-ce pas ? répliqua John.

— Vous savez très bien ce qu'il en coûtera de plaider ces réclamations, aboya Karen.

Une telle défense épuiserait toutes leurs réserves. Bien sûr, s'ils pouvaient tenir le coup, ils l'emporteraient en justice.

— C'est parfait, dit-il. Un chantage parfait. Vous nous gardez scotchés au tribunal et nous sommes acculés à la faillite pendant ce temps-là.

— Attendez, intervint Roger, son visage pâlissant alors qu'il comprenait. Vous avez dit que vous feriez en sorte que l'affaire soit conclue. Vous n'avez pas dit que vous alliez faire chanter ma famille pour qu'elle accepte.

— Ce n'est pas du chantage, répliqua Phil. Il s'agit d'une réclamation raisonnable et lorsqu'elle aura été déposée dans les règles, Prestco aura amplement l'occasion de prouver que les conceptions de l'application étaient celles de votre frère. Si ce sont vraiment les siennes, bien sûr.

— Bien sûr que ce sont les siennes, s'exclama Roger. C'est pour ça que vous voulez l'entreprise, à cause de ce qu'il peut faire. Mais si vous nous obligez à prouver qu'ils sont à lui…

La porte de la salle de conférence s'ouvrit.

— Monsieur Roth. M. Langham est en réunion privée. Je ne pense pas vraiment…

— C'est bon, dit Jackie Roth à la femme, sa voix calme et rassurante. Je suis que monsieur Langham ne m'en voudra pas si je m'assois là. Alors, Phil ?

— Bien sûr que non, dit Phil en pointant du doigt une chaise vide sur le côté de la table.

Mais Jackie attendit près du bout de la table. Phil rougit, mais il ne dit rien. Au lieu de cela, il quitta son siège et s'installa sur la chaise qu'il avait offerte à Jackson.

— Merci, dit celui-ci avant de jeter un coup d'œil à Adam. Heureux de vous revoir, monsieur Preston.

— De même pour moi, répondit Adam, ne sachant pas quoi dire.

Il était tenté de balancer ses quatre vérités à Jonah, ou à qui que ce soit d'autre, mais il se retint. Il allait attendre et voir si Jackie était un ami ou un ennemi.

— Donc, poursuivit Jackie en récupérant l'un des documents sur la table et en le feuilletant. On dirait que nous avons un problème.

— Le seul problème, c'est que votre entreprise essaye de voler l'entreprise de ma famille.

— Est-ce vrai, Phil ? demanda Jackie calmement.

À sa décharge, Phil ne se tortilla pas, bien que John l'ait fait.

— Nous n'avons rien fait de plus que faire savoir à Prestco que nous pensons qu'ils ont volé le travail d'Entech.

— Je vois, dit Jonah en levant un sourcil ironique.

Il semblait presque amusé.

— Jonah, vous savez que ce n'est pas vrai, intervint Adam, s'oubliant lui-même. Vous ne pouvez pas croire honnêtement…

— Ce n'est pas Jonah, l'interrompit Phil.

Il s'était redressé sur son siège et semblait tout à fait satisfait de lui-même.

— Peu importe qui je suis, riposta Jackie avec désinvolture. La vérité est la vérité.

Adam s'attendait à d'autres âneries, mais Jackie déchira plutôt le document en deux.

— Et ceci est un mensonge éhonté. C'était aussi un crime la dernière fois que j'ai vérifié, ajouta-t-il.

— Jackie, je…

— Tu en as assez dit, Phil, le réprimanda, Jackie.

Il se retourna ensuite vers Adam.

— J'ai cru comprendre que les Preston n'étaient pas désireux de vendre. Est-ce vrai ?

— Oui. Nous ne sommes pas intéressés, répondit Adam, prudemment.

Bon sang, était-ce Jackie… ou était-ce Jonah ?

— Alors, je crois que cette réunion est terminée. N'est-ce pas, Phil ?

161

Il se leva et ouvrit la porte, puis il attendit que Phil, John et les autres employés d'Entech quittent la pièce.

— Heureux de vous avoir revu, Adam, dit-il.

Puis il sortit et referma la porte derrière lui.

Ils gardèrent tous le silence pendant un instant. Roger avait l'air terrifié. Karen semblait plongée profondément dans ses pensées.

— Qu'est-ce qui s'est passé ici ? dit finalement Adam.

— L'accord est annulé, apparemment, répondit Karen en souriant.

— Addy, dit Roger d'une voix tremblante. Je suis tellement désolé. Je n'en avais aucune idée. Je pensais…

— Ce n'est pas grave, assura Adam en se levant avant de poser une main sur l'épaule de Roger. Je sais que tu n'as rien à voir avec toutes ces conneries.

— C'est terminé. Oh, Dieu merci, s'écria leur sœur en lui faisant un clin d'œil. J'ai vraiment envie de faire pipi.

Adam la regarda fixement, l'air perdu.

— C'est une blague, petit frère. Une blague de femme enceinte. Nous devons faire pipi constamment, tu sais ?

— Je viens de signer pour continuer à travailler avec toi ? dit Adam en se frottant la mâchoire. J'ai besoin d'un verre.

— Vas-tu lui parler ? demanda-t-elle.

— À Jackie ?

Pas Jonah.

— À qui d'autre ? demanda-t-elle en riant.

— Ça va aller ? demanda-t-il à Roger qui avait l'air malade.

— Je vais bien, assura ce dernier. Je me sens comme un idiot en ce moment.

— Roger et moi pourrons parler pendant ton absence, dit Karen. Vas-y. Tu dois aller le voir.

Il supposa qu'elle avait raison. Il devait mettre les choses au clair avec Jonah, même si c'était simplement pour dire merci.

— Je crois. Oui. Vous m'attendez dans le hall ?

— Lorsque j'aurai trouvé les toilettes, répliqua-t-elle en riant.

— Tu rentres à Napa pour le week-end ? demanda-t-il à Roger.

Son frère sembla hésiter, puis il acquiesça.

— D'accord.

Adam inspira lentement, puis il le serra dans ses bras.

— Bien. Cela m'a manqué de ne pas t'avoir dans le coin.

Karen lui sourit avant de s'approcher de Roger et de lui masser les épaules.

— Je m'en occupe, dit-elle en faisant un geste vers la porte.

Adam lui fit signe de la main et sortit de la pièce, puis il se dirigea vers les ascenseurs et jusqu'au trente-deuxième étage.

Chapitre Trente

PHIL se tourna vers lui à la seconde où ils entrèrent dans le bureau de Jackie.

— Qu'est-ce que tu as foutu, bordel ? Je travaille sur cette affaire depuis près d'un an maintenant et toi, tu débarques et tu mets tout à l'eau en deux minutes. Je commence à croire que tu as perdu plus que ta mémoire lorsque tu as disparu.

Jackie s'assit calmement à son bureau et attendit que Phil ait fini.

— C'est tout ce que tu avais à me dire ?

L'homme grogna puis, il sembla réaliser à quel point il avait l'air stupide et il reprit son sang-froid.

— Pour l'instant, oui.

— Bien. Parce qu'on a fini.

— Fini ? répéta Phil en le fixant, clairement abasourdi.

— Nous en avons fini de faire des affaires en intimidant les autres. Fini d'essayer d'être la plus grande entreprise sans être la meilleure. Fini d'opérer sans boussole morale.

Jackie prit une grande inspiration avant de conclure sa pensée.

— Ce n'est pas ce qu'Entech est censé être.

— Merde, Jackie. Tu ne vas pas…

— Te virer ? termina Jackie. Non. Tu ne faisais que ce que j'aurais fait il y a dix ans. En plus, tu es l'un des plus gros actionnaires.

Jackie se leva et se dirigea vers la fenêtre. Il n'avait jamais aimé L.A. Il tenta de se rappeler pourquoi ils avaient décidé de déplacer le siège social de la société de la Silicon Valley, mais ce souvenir, comme d'autres, était coincé dans son esprit.

— Je… merci.

— Ne me remercie pas.

Jackie était encore en ébullition après avoir découvert le plan de John Morgan de forcer la famille d'Adam à vendre.

— Promets-moi que c'est la dernière connerie que je découvrirai tout seul. Je sais que ce n'était pas ton idée de faire chanter les Preston, poursuivit-il, mais à l'avenir, je m'attends à ce que tu empêches ce genre de choses d'arriver.

— Mais tout le monde dans l'industrie…

— Nous *ne sommes pas* tout le monde. Bon sang, Phil, nous avons tellement d'argent que nous ne savons même pas quoi en faire.

— Ce n'est pas qu'une question d'argent, protesta celui-ci. Tu l'as dit toi-même il y a des années. Que tu voulais créer quelque chose d'extraordinaire.

— Et j'ai totalement perdu de vue ce que cela voulait dire.

Comment pourrait-il expliquer son changement d'attitude ? Il lutta pour exprimer ses émotions par des mots.

— Je crois que j'ai commencé à comprendre avant de m'enfuir, reprit-il. J'ai réalisé que je ne pouvais pas le supporter.

— Tu aurais pu venir me voir, dit Phil, sa voix se brisant. Au lieu de t'enfuir.

Il aurait pu, Phil avait raison, mais il ne l'avait pas fait.

— Je suis désolé. Je suis navré de ne pas me souvenir de nous deux, ajouta-t-il en soupirant. Je ne peux même pas imaginer ce que tu dois ressentir en ce moment. Savoir…

— Savoir que tu as eu une liaison ? termina Phil avec un rire amer. Tu ne peux pas avoir une liaison si tu ne te souviens pas de m'avoir épousé, n'est-ce pas ?

— Je... je suis vraiment désolé, assura-t-il en se retournant et rencontrant le regard de Phil.

Il ne l'avait jamais vu aussi déprimé. Âgé. Fatigué. Il savait ce qu'il lui avait fait.

— J'ai besoin de réfléchir, dit Phil. On reste en contact.

— D'accord.

C'était tout ce qu'il trouvait à dire à son meilleur ami ? L'homme qui était censé être son mari ?

— **JE** suis désolé, s'excusa Adam. Je ne voulais pas espionner.

— Ce qui est fait est fait, n'est-ce pas ? rétorqua Jonah en haussant les épaules. Je suis juste désolé que tu aies été entraîné là-dedans. Peu importe ce que c'est.

— Je ne le regrette pas, si ça peut aider, répondit Adam en se forçant à sourire. Ce qui s'est passé sur l'île. La soirée que nous avons passée avant...

Merde, il devait en finir avec ça. Il était venu afin de remercier cet homme, pas pour rejouer le passé.

— Nous sommes deux, alors.

Jonah sembla perdre sa concentration.

Non. Ne t'aventure pas sur ce terrain-là. Il est question de l'entreprise.

— Merci, dit Adam avec une nouvelle détermination. Pour avoir fait le bon choix avec Prestco.

— La vérité, c'est que j'aurais probablement fait la même chose, il y a dix ans, répliqua-t-il avec un rire amer. Peut-être pire.

— Les gens changent. Jonah n'est pas comme ça.

— Je ne suis pas Jonah.

— Peut-être que non, accepta Adam. Mais tu as fait ce qu'il fallait, qui que tu sois. Je te suis reconnaissant.

— De rien.

Jonah ne pensait pas mériter les remerciements, à en juger par son expression lointaine.

— Je suis désolé que les circonstances n'aient pas pu être différentes, dit Adam en soutenant le regard de l'autre homme.

166

Il tendit le bras. Ils se serrèrent la main, mais Jonah ne relâcha pas immédiatement son emprise. Adam se permit d'apprécier le contact pendant un moment. Puis il retira doucement sa main.

— Fais attention à toi. Qui que tu sois.

Il sortit du bureau, s'attendant à ce que Jonah l'arrête. Mais il garda le silence et Adam se retrouva en sécurité dans un ascenseur un moment plus tard.

Il se dirigea vers le hall où Karen et Roger l'attendaient.

— Il est temps de rentrer à la maison.

Chapitre Trente-et-un

JACKIE scanna la mer de documents éparpillés dans son bureau. Il avait passé la majeure partie des trois derniers jours à tout consulter. La licence de mariage que Phil lui avait fournie. Les photos décolorées de leur lune de miel à Banff, dont il n'arrivait pas à se souvenir et qu'il n'avait trouvées dans aucun ordinateur ou clé USB. L'acte de propriété de la maison. Les documents changeant la propriété de ses comptes bancaires afin d'y ajouter le nom de Phil. Les testaments qu'ils avaient rédigés après le mariage.

Il passa en revue les procès-verbaux des réunions du conseil d'administration et passa au peigne fin ses agendas. Il ne trouva rien dans ses propres notes sur leur mariage. Pas de photos non plus. Les procès-verbaux du conseil d'administration, cependant, étaient remplis de références à sa disparition et à son impact sur la société. Phil les avait résolument pressés d'attendre pendant toute cette période, leur affirmant que Jackie allait revenir.

Jusqu'à environ six mois après le cinquième anniversaire de la disparition de Jackson. C'est à ce moment-là que Jackie trouva le premier indice que le conseil envisageait de prendre des mesures afin d'évincer Phil.

168

Cinq ans. La période d'attente légale avant de déclarer une personne morte par contumace dans l'État de Californie.

Il continua à feuilleter les procès-verbaux, la pression pour résoudre le problème de son absence s'accentuant au fur et à mesure. Phil faisait de plus en plus entendre ses plaidoyers afin que le conseil attende : « aucun corps n'a été trouvé », les choses bougeaient chez Entech, le prix de l'action de l'entreprise augmentait régulièrement. Aux dires de tous, Phil avait fait un excellent travail. Mais la pression restait constante.

La première mention d'un mariage remontait à un an avant le dixième anniversaire de sa disparition.

Pourquoi avait-il attendu ? Ni l'un ni l'autre ne cachaient leur sexualité. L'explication de Phil selon laquelle il ne voulait pas souiller l'héritage de Jackie n'avait aucun sens. Jackson savait qu'il aurait dû avoir des doutes plus tôt. Mais il avait été submergé par le changement brusque des circonstances et par le flot de souvenirs.

Il est temps de reprendre ma vie en main, pour le meilleur ou pour le pire.

Il se leva de son bureau et alla vers l'armoire à liqueurs. Il se versa un double verre de cognac et se dirigea vers la fenêtre. Dehors, le soleil était presque couché et les lumières de Los Angeles commençaient à briller au crépuscule.

Regarde les choses en face. Ce désastre est de ta faute.

Jonah n'est pas comme ça. Même aujourd'hui, l'estomac de Jackie sursautait au souvenir des paroles d'Adam. Pourquoi était-il si malheureux ? Il détestait cet endroit. Il détestait tout ce qui s'y passait. Il voulait encore s'enfuir. Disparaître dans l'obscurité.

Et ensuite quoi ? La réponse était aussi insaisissable que la preuve de son mariage avec Phil.

Sois un homme. Fais ce qui est juste. Ce qui arrivera après… arrivera.

Il ravala un soupir, enfila ses mocassins et emprunta le couloir jusqu'au bureau de Phil, l'ancien bureau de Jackie. Celui dans lequel il vivait pratiquement. Autrefois. Il y avait une éternité.

— **PHIL.**

Ce dernier leva les yeux de son ordinateur. Il avait l'air plus malheureux qu'avant, si c'était possible.

— La culpabilité ne te va pas, indiqua Jackie.

Il s'assit sur le siège devant Phil et attendit que les mots fassent leur effet.

— Quoi ?

— Je sais ce que tu as fait. Pourquoi je ne m'en souviens pas.

Phil le fixa.

— Tu m'as menti, Phil.

— Je ne vois pas ce que tu veux dire.

— Tu sais exactement ce que je veux dire, répondit Jackie en secouant la tête. Tu as menti. Tu as profité de la situation. Tu as inventé ces conneries sur notre mariage, puis tu as essayé de m'y faire croire.

— Je n'ai pas…

— J'ai vérifié toutes mes notes. Mon calendrier. Il n'y a rien à propos d'un mariage, asséna-t-il. Mais il y a des tas de raisons pour lesquelles tu aurais voulu que nous soyons mariés, si on lit les procès-verbaux du conseil. Ils ont commencé à s'inquiéter du contrôle de l'entreprise. Il y a même quelques mentions à propos d'éventuelles tentatives de prise de contrôle. Et, soudain, tu leur annonces que nous sommes mariés.

— Cela ne veut rien dire. Nous avons gardé le secret, je te l'ai dit. Tu ne voulais pas qu'on sache que tu étais gay.

— Foutaises. Je n'en ai jamais rien eu à faire de ce qu'on pensait de moi. Ça n'a pas changé.

— Je n'ai pas…

— Je te connais assez bien. Je me connais même assez bien pour savoir que je ne t'aurais jamais épousé. Tu n'aurais certainement pas accepté de m'épouser, dit Jackie.

Phil baissa la tête entre ses mains.

— Phil… s'il te plaît. Sois franc avec moi. Nous avons été amis autrefois. Meilleurs amis.

Jackie savait qui était fautif dans leur éloignement. Peut-être qu'un jour, lorsqu'il ne serait plus aussi énervé qu'aujourd'hui, Phil et lui pourraient retrouver cette amitié.

— Tu n'as pas laissé de testament, dit Phil en poussant un long soupir. J'ai tout essayé pour garder le contrôle de l'entreprise. La société que nous avions créée ensemble. J'étais au bout du rouleau…

— J'étais un véritable enfoiré, admit Jackie. Je ne pensais à personne à part moi. Je comprends ça. C'est de ma faute aussi. Mais ce… Tu es allé trop loin.

— Je croyais que tu *étais* mort. Qu'est-ce que ça changeait que tu m'aies épousé avant de disparaître ?

— Tu aurais dû me le dire tout de suite.

Il n'ajouta pas que Phil avait fait foirer à lui tout seul la meilleure chose qui lui était arrivée depuis des années.

— Quelle ironie ! Le prince noir de la Silicon Valley qui ne s'est jamais soucié du bien et du mal pense que j'ai fait quelque chose de mal.

Jackie serra les dents et recula. Il avait dit ce qu'il avait à dire. S'il en disait plus, ce serait remuer le couteau dans la plaie. C'était ce que l'ancien Jackie aurait fait.

— Si tu penses que tu vas pouvoir me mettre à la porte, Jackie, prends le temps d'y réfléchir, aboya Phil lorsque son ami garda le silence. J'ai *créé* cette société.

— Tu sais que c'est faux. Nous l'avons montée ensemble.

La déclaration de Jackie avait pour but d'énoncer un fait, non de juger. Il ne jugeait plus depuis longtemps.

— J'étais tellement *perdu* lorsque tu as disparu, révéla Phil en se penchant en arrière dans son fauteuil, le visage déformé par la colère et le chagrin. Les vautours étaient prêts à nous manger vivants, cette entreprise et moi. C'est moi qui ai tenu le coup.

Il fit ensuite un geste englobant la pièce.

— Si c'est toujours là, c'est parce que j'ai fait en sorte que cela fonctionne sans toi.

— Je suis vraiment désolé.

Jackie le pensait, même s'il doutait que Phil le croie. *Je lui ai causé tant de douleur*. Mais cela n'excusait pas les mensonges.

— Arrête tes conneries, Jackie.

— Jonah. Je suis… juste Jonah.

Le nom sortait de nulle part, mais cela semblait juste. Bien. Comme si c'était la réponse à toutes ses questions.

Phil rit et Jonah eut mal dans sa poitrine en entendant la douleur dans ce son.

— Tu disais n'importe quoi à l'époque. Maintenant, tu reviens et tu dis que tu as changé. Qu'est-ce que tu veux que je croie ?

— Je me souviens de tout. Quelle merde j'ai été pour toi. Comment tu as essayé de me le dire et que je n'ai pas écouté. Je ne me suis pas assez soucié d'écouter. Comment j'ai ignoré ton talent et insisté pour tout faire moi-même. Mais tout cela ne suffit pas à justifier ce que tu as fait, poursuivit-il. Parce que c'est tout aussi tordu.

Les épaules de Phil se raidirent, mais il ne se détourna pas.

Jonah attendit. Jackie aussi aurait attendu, mais pas pour les mêmes raisons. Il aurait attendu pour voir ce que le silence lui apprenait pour s'en servir. Pour trouver les failles afin qu'il puisse y graver ses mots, les approfondir. Alors, il aurait pris le dessus. Parce que Jackie voyait, comprenait et il *s'en servait*.

Mais pas Jonah. Je ne suis pas cette personne. Plus maintenant. Il détestait vouloir que Phil le sache aussi. Mais même si son ami n'acceptait jamais la vérité sur qui il était maintenant... Jonah ou Jackie... Jonah pourrait vivre avec ça. *Mais Adam ?*

La douleur dans sa poitrine était presque insupportable. La peine. Le besoin. Adam lui manquait. Son ancienne vie lui manquait. Sa simplicité. Manger, dormir, plonger. Il avait fui cette vie parce qu'il voulait quelque chose de plus. Peut-être que Phil ne comprendrait jamais. Mais si Adam ne pouvait pas...

Tu ne peux pas retourner dans cette vie. Plus maintenant. Oh, il pourrait y aller en tant que Jackson Roth, mais cela ne serait plus jamais pareil. Il l'avait accepté avant même de se rendre compte de l'ampleur des destructions qu'il avait laissées dans son sillage. Il n'était pas prêt à l'admettre.

— Qu'est-ce que tu veux de moi ? demanda Phil, d'une voix atone.

— Je veux que tu arranges ça, dit Jonah.

— Et si je ne le fais pas ?

— Alors, c'est moi qui le ferai. Sans faire de bruit. Sans ton aide. Il n'y a pas de menace.

— Bien sûr qu'il y en a une, dit Phil en se levant et soutenant son regard. Il y a toujours une menace.

— Cela n'a pas toujours été ainsi. Nous étions juste des amis qui travaillaient ensemble, autrefois.

— Je vais vider mon bureau. Déménager mes affaires de chez toi, dit Phil, stoïque.

— Je ne veux pas de ton bureau. Et je ne veux pas de la maison.

— Tu... quoi ?

Jonah inspira et expira lentement, prenant le temps de concentrer ses pensées. Formuler son avenir.

— Je ne resterai pas à la maison. Et je veux que tu restes chez Entech.

— Tu plaisantes.

— Non. Je suis très sérieux. Les choses ne peuvent pas rester ainsi, ajouta Jonah. J'ai changé. Peut-être qu'un jour, tu le comprendras et que tu me pardonneras.

— Ils me vireront s'ils savent que j'ai menti sur notre mariage. La contrefaçon est un crime.

— Ils ne le sauront pas et je n'ai pas l'intention de te laisser aller en prison.

— Comment veux-tu que cela reste entre nous ? Même le grand et puissant Jackson Roth ne peut arranger ce merdier, dit Phil.

Ses yeux firent le tour de la pièce et la couleur disparut de ses joues.

— Ils ne te mettront pas à la porte, expliqua Jonah, parce que tu leur diras que nous allons prendre des chemins différents. Que je divorce.

— Quoi ? dit Phil en se stabilisant sur un fauteuil voisin, puis il sembla réfléchir et s'assit lourdement.

— C'est ce que j'ai dit. Nous partons chacun de notre côté. Dans nos vies personnelles, bien sûr. Tu resteras dans l'entreprise en tant que PDG.

— Quoi ?

Jonah sourit. Il n'avait pas prévu d'abandonner le contrôle quotidien de l'entreprise, mais il était sûr que c'était la bonne décision.

— Je vais donner ma démission au conseil d'administration et te donner suffisamment de mes actions afin que tu aies une participation majoritaire. Je resterai en tant que président du conseil d'administration. Je m'assurerai que l'entreprise va dans la bonne direction.

— Merde. Tu es vraiment sérieux, n'est-ce pas ? s'exclama Phil en le fixant, l'air toujours nerveux.

— Oui.

— Tu me donneras le contrôle et tu t'assureras que tu apprécies la direction dans laquelle j'emmène l'entreprise ?

Phil ne le croyait clairement pas. Pas complètement. Pas encore. Mais il finirait par le faire.

— Oui.

— Qu'est-ce que tu vas faire ? demanda Phil.

— Aucune idée.

D'accord, ce n'était pas techniquement vrai. Jonah savait que son avenir impliquait Adam. Mais il devait d'abord en convaincre ce dernier.

— Où vas-tu vivre ?

— Dans mon ancien appartement.

— Tu es vraiment sérieux.

— Oui.

Le studio à La Mission serait parfait pour l'instant. Si... non, *quand* il aurait convaincu Adam qu'ils avaient un avenir ensemble, il s'occuperait des autres détails.

— Je... très bien.

Phil semblait méfiant, mais Jonah se serait inquiété s'il n'avait pas été encore prudent.

— Merci.

— Pas de quoi.

— Phil ?

— Oui ?

— Je suis vraiment désolé, dit-il. À propos de tout. De la manière dont je t'ai traité. D'avoir pris notre amitié pour acquise.

Phil ne dit rien.

— J'espère que tu pourras me pardonner aussi. Peut-être que nous pourrons retrouver cette amitié, continua-t-il.

— Bien sûr, dit Phil, l'air peu convaincu.

Au moins, il n'avait pas complètement rejeté Jonah. C'était peut-être l'offre de diriger l'entreprise ou la peur d'être pris dans un mensonge au sujet de leur mariage qui le maintenait civilisé. Quoi qu'il en soit, Jonah vivrait avec.

Il faut une vie pour construire la confiance et une seconde pour la détruire. Son père était un homme intelligent.

Je vais tout arranger, papa. Être la personne que tu as toujours espéré que je serais.

— Je resterai en contact, dit-il à Phil. Mon avocat s'occupera des papiers. Je te laisse te charger de la presse.

Chapitre Trente-deux

ADAM leva les yeux sur la pendule de son bureau. S'il partait maintenant, il arriverait à temps à Napa pour le dîner.

— Adam Gerald Preston, tu es terré dans ton bureau depuis ton retour à Los Angeles, lui avait dit sa mère trois heures plus tôt, lorsqu'il lui avait dit qu'il travaillerait sans doute tard à nouveau. Il est grand temps que tu te détendes un peu. En plus, ton frère se joint à nous. Est-ce trop demandé d'avoir toute la famille, pour changer ?

Adam ne s'était pas attendu à ce que Roger réponde à l'invitation que Karen et lui avaient lancée après la réunion d'Entech, mais il était heureux qu'il l'ait fait. Il savait à quel point cela comptait pour sa mère et il s'était senti mal de savoir que l'entente avec Entech avait aliéné Roger. Il n'était pas le seul Preston à vouloir prendre un nouveau départ.

Le téléphone sonna. Il sourit en voyant le numéro sur l'écran.

— Maman ?

— C'est ta sœur, cette fois-ci, dit Karen. Maman a appelé les renforts. Alors, quand est-ce que tu rentres à la maison ?

— Maintenant. Je sais reconnaître ma défaite, dit Adam en riant.

— Tu es un homme intelligent. Conduit prudemment, d'accord ?

— Je le ferai, répondit-il.

— Je t'aime, Addy.

— Je t'aime aussi.

Il coupa l'appel, éteignit son ordinateur portable et le glissa dans son sac. Il était sur le point de quitter le bureau lorsque sa ligne personnelle sonna. Il jeta un coup d'œil à l'écran. Jackson, encore une fois. Pourquoi l'appelait-il avec autant d'insistance ? Il n'y avait plus rien à dire. Il était marié et Adam savait qu'il ne pourrait pas gérer une relation amicale. C'était trop douloureux.

Adam avait à peine fait un kilomètre lorsque son portable sonna. Il n'avait pas besoin de voir le numéro sur l'écran synchronisé de sa voiture. Il le laissa tomber sur la messagerie vocale. Il écouterait le message plus tard. Beaucoup plus tard. Après avoir bu plusieurs verres de vin.

Jackson devrait attendre qu'il le rappelle. Adam n'était pas d'humeur ce soir. Tout semblait encore trop à vif.

JONAH appuya sur un bouton pour déconnecter l'appel. Il avait laissé trop de messages. Il comprenait pourquoi Adam ne voulait pas lui parler, mais il ne le laisserait pas partir sans se battre.

C'est l'heure d'embrasser ton Jackie intérieur, pensa-t-il en souriant. Bats-toi pour la bonne cause et donne tout ce que tu as.

Chapitre Trente-trois

ADAM arriva à la maison un peu avant vingt heures. La voiture de Roger était déjà là, ainsi qu'une autre voiture : une Nissan Leaf bleu vif avec toujours l'étiquette du concessionnaire. Adam sourit. Karen parlait depuis quelques mois d'échanger son SUV contre un modèle plus pratique. Il lui avait dit qu'avoir un enfant signifiait qu'elle devrait changer de gamme et prendre un minivan. Elle avait grimacé et juré de ne jamais acheter un taxi de maman. Il secoua la tête et rit. Elle ne comprendrait que trop tôt quelle erreur c'était de ne pas acheter le Chevrolet Cruze.

Il entra dans la maison au son des rires et des conversations animées.

— Je descends dans une minute, dit-il en montant l'escalier avant de se diriger vers sa chambre.

Il enleva ses chaussures et échangea ses vêtements de travail contre des vêtements décontractés. Il enfila une paire de tongs qu'il sortit du placard et découvrit un peu de sable entre son pied et la chaussure. Il sourit au souvenir que le sable lui évoquait, puis tout aussi vite le chassa de son esprit.

Une fois en bas, il se dirigea vers la terrasse. Sa mère avait toujours aimé leur faire à dîner le vendredi soir lorsque son père était encore en vie. Adam adorait ces soirées, surtout au printemps lorsque les raisins commençaient à fleurir et que tout semblait si vert. Peut-être qu'avec un petit-fils ou une petite-fille en route, sa mère déciderait de rester à Napa au moins une partie de l'année.

— Désolé, je suis en retard, dit-il en entrant sur la terrasse. La circulation était pire que je…

Il se demanda pendant un instant s'il imaginait des choses, parce que Jonah était assis entre Karen et sa mère. Souriant et tout à fait à l'aise.

— Que fais-tu ici ? demanda-t-il, plus choqué qu'en colère.

— Ce n'est pas ainsi qu'on accueille un invité à dîner, rétorqua sa mère.

Elle jeta un coup d'œil à Karen et elles échangèrent un regard entendu qui disait « Nous l'avons eu ».

— Invité ?

Maudit soit ce sourire ! Il ne tomberait pas dans le panneau. Pas cette fois-ci. Jonah avait son propre bazar à gérer. Peut-être que s'il savait ce qu'il voulait…

— J'espère que cela ne te dérange pas, dit Jonah. Ta mère m'a invité.

— Vraiment ?

— Et pourquoi pas ? demanda sa mère indignée. C'est ma maison, n'est-ce pas ?

Techniquement, oui. L'entendre la réclamer pour sienne donna de l'espoir à Adam. Espoir qui se transforma vite en irritation.

— Je ne vois toujours pas pourquoi tu…

— Je devrais partir, dit Jonah en se levant. J'apprécie l'offre, Katherine, mais je pense qu'il vaut mieux…

— Vous restez, dit la mère d'Adam avec emphase, puis elle attendit que Jonah se rasseye.

— Alors, c'est moi qui devrais probablement partir, répliqua Adam.

— Non.

C'était au tour de Karen d'intervenir. Son mari, à côté d'elle, rit.

— J'ai raté quelque chose ? demanda Adam, son regard se posant sur Jonah. Bien que j'apprécie ce que M. Roth a fait pour nous…

— Tu peux m'appeler Jonah.

Maudits soient ces yeux bleus étonnants et la façon dont ils semblaient briller lorsque leur propriétaire souriait !

— Jonah, j'apprécie la façon dont tu t'es battu pour Prestco. Vraiment. Mais, je…

— Pouvons-nous parler en privé, s'il te plaît ? demanda Jonah. Si tu veux que je parte après ça, je te promets que je partirai. Sans poser de questions.

— Cela semble raisonnable, dit la mère d'Adam, souriant toujours.

— D'accord.

Qu'était-il censé dire ? Il se versa un verre de vin, prit une longue gorgée. Puis il posa le verre et fit signe à Jonah de le suivre.

— C'est beau, dit ce dernier alors qu'ils entraient dans la bibliothèque, Adam fermant la porte derrière eux. Tu as une collection incroyable.

Il passait des doigts révérencieux sur les reliures de certains livres, s'arrêtant de temps en temps afin de lire certains titres.

— Mon père adorait lire. Il nous achetait toujours des livres pour nos anniversaires et il les ajoutait parfois secrètement à la bibliothèque. Nous vérifiions tous les jours pour voir ce qui se passait, expliqua-t-il en souriant malgré lui. C'était un bon moyen de nous accrocher à la lecture.

Il fit un geste vers le bureau moderne dans le coin et poursuivit.

— C'est mon bureau, maintenant.

Pourquoi racontait-il tout ça à Jonah ? Quoiqu'ils aient été l'un pour l'autre, c'était fini. Ils devaient tous les deux aller de l'avant.

— Cela me rappelle mon père, commenta Jonah, ses lèvres serrées comme s'il voulait se débarrasser des émotions accompagnant ses souvenirs. Il y avait des étagères partout dans notre maison lorsque j'étais petit.

— Je suis heureux que tu te souviennes de lui, répondit maladroitement Adam, qui ne savait pas trop quoi dire.

— Je le suis moi aussi, acquiesça Jonah, dont les yeux brillèrent un instant. Pouvons-nous nous asseoir ?

— Bien sûr.

— Il me manque toujours, révéla Jonah en s'asseyant face à Adam sur l'un des fauteuils club. Mon père…

Il inspira profondément comme pour se reprendre.

— C'est à cause de lui que je me suis enfui.

— Ton père ?

— Oui. Il est mort quelques jours avant. Nous… nous n'étions pas en bons termes.

— Je suis désolé.

Il l'était. Pas besoin de faire preuve de beaucoup d'imagination pour deviner ce qu'il aurait pu ressentir si la situation avait été la même lorsque son père était décédé.

— Il m'a dit que j'étais devenue une autre personne. Que j'étais cruel ! Que l'argent était tout ce qui m'importait. Le succès.

Jonah se passa une main dans les cheveux. Pour la première fois, Adam remarqua qu'il les avait coupés depuis la réunion, même s'ils étaient encore plus longs que sur les photos de Jackson avant sa disparition.

— Il avait raison, continua-t-il. J'étais tout cela. Tu sais ce que c'est lorsqu'on perd quelqu'un. On ne peut jamais revenir en arrière et réparer ce que tu as dit que tu réparerais. Dire ce que tu aurais dû dire.

Un muscle dans la joue de Jonah tressauta, révélateur.

— Ils sont partis et tu dois vivre avec ce qui s'est passé. Pas de recommencement.

— Oui. Je comprends ça. Je suis vraiment désolé.

— Ne le sois pas, dit Jonah avec un sourire qui n'atteignit pas ses yeux. J'ai reçu un cadeau malgré ma stupidité.

— Un cadeau ?

— Une seconde chance. Lorsque j'ai perdu la mémoire, je n'étais plus Jackson. J'étais vraiment Jonah. Et maintenant…

— Maintenant, tu es Jackson Roth. PDG d'Entech. Marié à ton associé.

Adam devait le dire, plus pour lui-même que pour Jonah. Il devait se rappeler que ce qu'ils avaient vécu dans les Caraïbes n'était pas la réalité. Que c'était *ceci* leur réalité.

— En fait, ce n'était pas exactement ce que j'allais dire, dit Jonah.

— Oh ?

— Je m'apprêtais à dire que je ne t'aurais jamais rencontré si Jonah n'avait pas existé. Et que, parfois, on a plus d'une seconde chance.

Adam ne céderait pas à la tentation de croire que cela pourrait se passer différemment entre eux. Il avait besoin de quelque chose de plus que la gorgée de vin qu'il avait bue à table pour stabiliser le tourbillon d'émotions que la vue de Jonah réveillait en lui.

— Veux-tu un verre ? demanda-t-il.

— Bien sûr. Tout ce que tu as sera parfait.

Adam leur versa du whisky, puis il en tendit un à Jonah. Leurs doigts se touchèrent et Adam hésita pendant un long moment. Puis il se força à rompre le contact. Jonah prit le verre tandis qu'Adam retournait à son fauteuil.

— J'ai été insistant dernièrement, n'est-ce pas ? demanda Jonah une fois qu'ils eurent tous les deux pris une gorgée de leur boisson.

— On peut dire ça.

Adam aurait dû en vouloir à Jonah pour le changement de sujet, mais ce n'était pas le cas. Il ressentait le besoin de l'homme de dire la vérité et il savait qu'il en avait aussi besoin. Ils devaient tous les deux clarifier les choses entre eux avant de pouvoir passer à une autre vie.

— Je suis désolé. J'avais vraiment besoin de te parler et je ne pouvais pas te laisser un message détaillé pour te dire ce que j'avais à te dire.

— Nous avons déjà parlé de ton mariage, fit-il remarquer en s'agaçant une fois de plus. Je ne vois pas ce que d'autres discussions pourraient changer.

— Les faits ont changé.

Trois mots et le cœur d'Adam partit au galop. Pourquoi laissait-il cet homme lui empoisonner la vie à plusieurs reprises ?

— D'accord. Je suis sûr que tu vas m'expliquer comment.

Jonah fronça les sourcils et but une gorgée de whisky avant de parler.

— Je sais que je t'ai blessé. J'aurais aimé que tout se passe différemment. Je n'ai pas...

— Tu ne me dois rien.

— Tu as tort, répondit Jonah en poussant un soupir audible. Je te dois plus que tu ne le sauras jamais.

Adam but son whisky et savoura la brûlure au fond de sa gorge. La tension dans ses épaules et sa mâchoire commençait à s'estomper.

— Je ne me souvenais pas d'avoir épousé Phil, dit Jonah. Je ne m'en souviens toujours pas.

— Je vois.

Ce qui n'était pas la vérité.

— Je suis sûr que cela prend du temps, ajouta-t-il, se sentant complètement idiot.

Il prit une nouvelle gorgée de whisky, espérant que la chaleur de ses joues ne se traduisait pas par un rougissement total.

— Non, répondit Jonah. Cela ne prend pas de temps.

— Je ne comprends pas.

Au moins, c'est *la vérité !*

— Il ne faut pas de temps pour se souvenir d'un événement qui ne s'est jamais produit.

— Quoi ? s'exclama Adam alors qu'il enregistrait lentement les mots.

— Le mariage n'a jamais eu lieu, répéta Jonah.

— Il ne s'est jamais rien passé ? Mais… ?

— Je me suis enfui sans réfléchir aux conséquences. Lorsque je ne suis pas revenu, Phil a dû se battre pour conserver le contrôle de l'entreprise, expliqua-t-il avant de fermer brièvement les yeux. Dans un sens, je ne lui ai pas laissé d'autre choix que de faire ce qu'il a fait.

— Je me souviens avoir entendu à la radio, il y a quelques mois, qu'ils avaient entamé les procédures pour te faire déclarer légalement mort.

— Phil aurait perdu le contrôle de l'entreprise sans mes actions.

Jonah termina son verre et le posa sur la table basse.

— Il a simulé le mariage, comprit Adam.

La vague de soulagement qui déferla sur lui était teintée d'incrédulité.

— Oui. Il a dit à tout le monde que nous nous étions mariés des années auparavant et que nous l'avions caché parce que nous ne voulions pas que la publicité nuise aux résultats financiers, expliqua-t-il en riant et secouant la tête. C'est un choix que je pourrais presque imaginer faire.

— Je ne pense pas que tu…

— Réfléchis bien. Parce que *j'aurais* envisagé de le faire aussi. Quand j'étais Jackie. Où que cette conversation nous mène, tu dois vraiment savoir que j'étais le pire enfoiré du monde. Pas d'hyperbole.

— Comment l'as-tu découvert ?

Adam n'était pas prêt à penser aux conséquences de la vérité ou à savoir si ce que Jackie avait fait avait de l'importance. Il avait besoin de toute l'histoire et de temps afin de tout digérer.

— J'avais un sentiment étrange à ce sujet, expliqua Jonah. Les autres souvenirs sont revenus par vagues. Comme une guirlande. Un souvenir menait au suivant. Tu comprends, n'est-ce pas ?

— C'est logique.

— Mais mes souvenirs d'avoir épousé Phil… Je n'en avais pas. Même pas un soupçon. Je ne me souvenais pas de la maison que nous étions censés avoir choisie ensemble. Pas du tout. J'ai fait quelques recherches et je n'ai rien trouvé. Pas la moindre preuve dans mes notes, mon agenda. Pas de photos. Rien.

— A-t-il nié avoir inventé cette histoire ?

— Il a cédé assez vite lorsqu'il a réalisé que je n'y croyais pas.

— Je suis désolé. C'était un bon ami, n'est-ce pas ? dit Adam en se levant pour poser une main sur l'épaule de Jonah.

Le contact intime semblait familier. Naturel.

— Il l'était. J'espère qu'il le sera à nouveau. Un jour ou l'autre.

Ils restèrent tous les deux silencieux. Le silence n'était pas comme un gouffre entre eux. Adam savait ce qu'il avait à dire, mais trouver les mots lui demanda plus d'efforts que prévu.

— Je suis content que tu aies compris, mais je ne vois pas pourquoi tu es là.

— Que veux-tu ? demanda Jonah.

La question prit Adam par surprise.

— Ce que je veux ? Moi ?

— Disons que dans un monde parfait, tu pourrais avoir ce que tu veux quand tu le veux. Qu'est-ce que ce serait ?

— Je ne sais pas, répondit Adam, souhaitant avoir une réponse.

— Moi, je veux être Jonah, répliqua-t-il en éclatant de rire. Aussi fou que cela puisse paraître, j'aimerais bien être de retour au centre de plongée à nettoyer le sable des affaires de plongée. En attendant le prochain groupe de plongeurs.

— Qu'est-ce qui t'en empêche ?

— Bonne question, répondit-il.

Il se leva, fit face à Adam et il prit ses mains dans les siennes.

— Mais c'est facile d'y répondre, assura-t-il ensuite. Je ne peux pas y retourner.

— Non. Je suppose que non. Alors, tu vas reprendre la direction d'Entech ?

— Non.

C'était la dernière réponse qu'Adam s'attendait à entendre.

— Alors quoi… ?

Jonah leva la main droite d'Adam vers son visage et l'embrassa.

— Voilà tout ce que je veux. Je vais devoir faire profil bas jusqu'à ce que le divorce soit prononcé.

— Le divorce ? Mais vous n'avez jamais été mariés.

— C'est vrai. Mais si je révèle la vérité au monde, qu'est-ce que j'obtiens ? demanda-t-il. Quoi qu'il ait fait, Phil est vraiment bon dans son travail. Il a peut-être besoin d'un petit coup de pouce dans la bonne direction, mais il est aussi bon qu'on le dit.

183

— Tu le laisserais rester, sachant ce qu'il a fait ? s'étonna Adam qui avait du mal à s'y retrouver.

— J'ai appris à mes dépens que punir les gens pour leurs erreurs ne me rend pas heureux. Ce n'est pas très bon pour les affaires, dit-il en se penchant, ses lèvres à quelques centimètres de celles d'Adam. En plus, j'ai fait tellement d'erreurs moi-même. Dont les moindres…

— Nous nous connaissons à peine.

Il énonçait un constat douloureusement évident, mais Adam ne savait pas comment répondre autrement avec Jonah si près de lui. C'était comme si son cerveau avait gelé et son corps avec lui.

— Nous nous connaissons mieux que beaucoup de gens. Nous trouverons une solution pour le reste.

Il embrassa Adam qui soupira et l'embrassa en retour avec une férocité qui le fit à moitié mourir de peur.

— Certaines choses semblent simplement justes.

— Une autre seconde chance ? chuchota Adam.

— C'est possible. Ça dépend de la réponse à la question suivante.

— Quelle est la question ? demanda Adam, pas sûr de pouvoir gérer.

— Pouvons-nous dîner maintenant ? dit Jonah en souriant. J'ai entendu dire que ta mère faisait des lasagnes d'enfer.

— C'est *ça* la question ? dit Adam en repoussant Jonah d'un air joueur en riant.

— C'est une question. Mais je suppose qu'il y en a une autre qui rôde.

— J'attends, dit-il en se penchant pour frôler les lèvres de Jonah avec les siennes.

— Tu es un allumeur.

— C'est moi, l'allumeur ?

— D'accord, d'accord.

Le sourire de Jonah s'estompa et son expression devint sérieuse. Fervente même.

— Me donneras-tu une chance de te montrer qui je suis vraiment ? Avec tous mes défauts.

— Présenté comme ça…

— Est-ce un oui ? demanda Jonah.

— Oui. Mais ce n'est pas comme si je n'avais pas mes propres défauts, tu sais, dit Adam en tirant Jonah vers lui et l'enlaçant.

Il se moquait que toute la situation soit aussi surréaliste que possible. Il ne voulait pas que Jonah disparaisse de sa vie.

— Bien, répondit-il en embrassant Adam dans le cou, le faisant siffler de plaisir. Et si nous dînions ? Je meurs de faim

Chapitre Trente-quatre

— **ADDY** m'en voulait tellement d'avoir marché sur sa forêt, dit Roger en riant à Jonah. Il ne m'a pas parlé avant le lendemain matin.

Jonah posa sa fourchette dans son assiette vide et se pencha en avant sur ses coudes. La nourriture avait été excellente et la compagnie... lui rappelait lorsqu'il était avec sa famille des années auparavant, ce qui lui manquait plus qu'il ne le pensait

— Je construisais la forêt de Sherwood.

Son sourire légèrement de guingois trahissait son malaise à admettre cela, mais Jonah trouvait cette idée totalement adorable.

— J'avais passé toute la journée à déterrer des semis et à les replanter à l'autre bout de la propriété, poursuivit-il.

— Adam s'imaginait être le prochain Robin des Bois, dit sa mère. Son père, James, et moi lui avions acheté un arc et des flèches pour Noël et je lui avais cousu un costume en feutre vert.

Jonah regarda Adam qui haussa les épaules en réponse.

— Mon père ne savait pas coudre, révéla-t-il. Mais, il m'a aidé à teindre un des draps en noir pour Halloween et le l'ai attaché autour de mon cou.

— Qui étais-tu censé être ? demanda Karen.

— Batman, répondit-il avec un clin d'œil à Adam qui lui retourna un sourire entendu. J'ai fait une batmobile avec une boîte en carton et j'ai couru dans le quartier en faisant des bruits de voiture jusqu'à ce que Mme Krauss me crie dessus par sa fenêtre.

Karen se leva et commença à ramasser les assiettes à dessert. Roger ramassa les verres et disparut dans la cuisine un instant plus tard.

— Merci, dit Jonah à la mère d'Adam. Pour m'avoir demandé de rester.

— Je suis contente qu'Adam et toi ayez pu parler un peu, répondit-elle avec un sourire à peine dissimulé. J'espère que tu pourras te joindre à nous bientôt.

Adam prit la main de Jonah et la serra.

— Je pense que Jonah fera des apparitions régulières par ici, dit-il, ses mots donnant à Jonah une sensation aussi chaleureuse que le bourdonnement de l'alcool et de la bonne nourriture.

— C'est le plan, approuva-t-il.

Il ne s'attendait pas à ce qu'Adam l'embrasse ici, devant sa mère, mais le baiser lui parut juste et Katherine sourit, manifestant son approbation.

— Nous allons finir ici, dit-elle en ramassant les cuillères. Vous avez besoin de passer un peu de temps ensemble.

— Mais… commença à protester Jonah.

— Je vous assignerai à la cuisine la prochaine fois, lui assura-t-elle. Maintenant, partez !

— Il vaut mieux ne pas se disputer avec la patronne, dit Adam en lui prenant la main et en le conduisant vers la porte-moustiquaire, puis dehors.

— Tu as vraiment une famille formidable, dit Jonah en marchant vers la colline qui surplombait les vignes.

— Je sais. Cela m'a pris du temps pour réaliser *à quel point* ils sont géniaux. J'ai encore plus de raisons de les remercier qu'avant.

— Ta mère est une femme forte.

— C'est elle qui a organisé ça, n'est-ce pas ? demanda Adam.

— Je crois qu'elle en avait assez que j'appelle ici, plaisanta Jonah. Elle a dit que si tu n'agissais pas en adulte, elle te traiterait comme un enfant.

— Alors, c'est ce qu'elle a fait, hein ? C'est bien ma mère. Je suppose que je dois la remercier de s'en être mêlée.

— Probablement.

— Elle a décidé de rester, dit Adam. Elle va garder l'appartement en Floride afin que les petits-enfants aient un endroit où passer leurs vacances.

— Petits-enfants au pluriel ?

— Elle a décidé qu'elle en voulait au moins six, expliqua-t-il. Deux par enfant

— Tu ferais mieux de te mettre au travail, alors.

— Je n'ai jamais beaucoup pensé aux enfants, mais ce n'est pas une mauvaise idée.

Jonah déglutit difficilement. Il n'avait jamais pensé aux enfants non plus, mais quand il était avec Adam, la vie semblait regorger de possibilités.

— Je suppose que nous verrons, dit Adam.

Les étoiles brillaient dans le ciel et la brise fraîche chatouillait la nuque de Jonah. Il soupira, puis rit doucement.

— Qu'est-ce qui est si drôle ? demanda Adam.

— Rien, vraiment, assura-t-il en serrant plus fort la main d'Adam. C'est juste que lorsque je suis parti de la République Dominicaine, j'étais sûr de ne jamais être heureux ici.

— Crois-tu que tu puisses l'être ?

— Je sais que je le peux.

La vie ne serait plus jamais aussi simple. Mais cela pourrait être bien. Il attira Adam et le serra contre lui. Le souffle d'Adam sur son oreille le fit sourire. Encore une fois. C'était stupide. Romantique. Mais merveilleux.

— Je suis content que tu ne m'aies pas abandonné, dit Adam après un long moment.

— Moi aussi.

JONAH rit en voyant Adam le conduire à l'intérieur quelques minutes plus tard. Ils grimpèrent l'escalier jusqu'à l'étage. La maison était silencieuse et Jonah devina que tous les autres s'étaient déjà couchés.

— Ma chambre, déclara Adam en ouvrant la porte au bout du couloir.

Le grand lit en bois blanc, le bureau et les commodes étaient simples, les murs peints en bleu foncé avec des garnitures blanches. Une longue étagère remplie de pièces d'ordinateur et de manuels passait sous les fenêtres qui donnaient sur l'arrière de la maison. Un petit siège de fenêtre était installé en dessous. Jonah imagina Adam assis là, en train de lire

— Elle n'a pas changé depuis mon enfance, expliqua Adam. Maman n'arrête pas de parler d'acheter de nouveaux meubles, mais comme je ne reste pas souvent ici, cela n'a jamais eu beaucoup de sens.

Il ferma la porte et alluma une petite lampe sur la commode.

— J'aime ça.

La chambre ressemblait un peu à un regard sur le passé d'Adam, mais sans les jouets et les affiches Star Wars que Jonah aurait pu s'attendre à y voir. Il devina qu'il les avait enlevés et il décida de lui poser des questions à ce sujet à un moment donné.

— C'était étrange de rester ici au début, mais depuis mon retour de la République Dominicaine, je suis plus souvent ici que chez moi en ville.

— Joli lit, dit Jonah.

Il se dirigea vers le meuble en question et le tapota.

— Assez grand pour deux, continua-t-il en se mordillant la lèvre inférieure.

— Tu restes cette nuit ?

— Je pensais que tu ne le demanderais jamais, répondit-il.

L'idée de rentrer seul à San Francisco n'était pas vraiment attirante. Sans parler du fait qu'Adam avait l'air assez beau pour être dévoré avec ses joues légèrement roses à cause du vin et ses cheveux ondulant en douces mèches.

— Je suis content que tu sois venu, dit celui-ci en entourant la taille de Jonah avec ses bras.

— Le dîner était super.

— J'ai de la chance, dit Adam avant d'embrasser Jonah sur ses lèvres.

— Je pourrais dire la même chose, commença Jonah, la boule dans sa gorge semblant grossir à chaque mot qu'il prononçait. Il n'y avait que moi et mon père après la mort de ma mère.

Il poursuivit malgré son malaise.

— Nous n'avions pas grand-chose, mais j'étais vraiment heureux.

Il avait peut-être été obsédé par la croissance d'Entech parce qu'il voulait prouver quelque chose.

— Mon père ne s'est jamais remarié, continua-t-il. Mais je n'ai jamais eu l'impression d'être un fardeau pour lui non plus.

— Qu'est-ce qu'il faisait comme métier ?

189

— C'était un enseignant, dit Jonah. Comme ton frère. À l'école primaire. Mais je ne l'ai jamais eu comme maître

— Pourquoi ?

— Mon père plaisantait en disant qu'il me voyait assez à la maison. Mais je crois qu'il pensait qu'il ne pourrait jamais être assez strict si j'étais dans sa classe.

— C'est logique.

Jonah hocha la tête. Il pouvait encore imaginer le visage de son père lorsqu'il lui montrait son bulletin scolaire.

— *Tu es un garçon intelligent, Jackie, lui avait dit son père un soir alors qu'ils avaient discuté d'une dissertation sur un livre que Jonah avait écrit. Tu peux faire tout ce que tu veux.*

— *Je veux être professeur, comme toi.*

Tout semblait si simple à dix ans.

— Je voulais être comme lui, avoua-t-il à Adam. J'ai fait deux ans d'études de premier cycle en éducation. Je n'ai jamais fini la fac. J'avais suivi des cours de programmation informatique et j'ai eu cette idée.

— Tu as pris un autre chemin.

— Oui. Mon père m'a dit combien il était fier de moi. Je l'aimais tellement pour ça. Il ne m'a jamais jugé pour mon choix de quitter l'école. Mais je tenais ça pour acquis. Je ne l'ai jamais remercié pour cela et je ne lui ai jamais dit combien je l'aimais, dit-il, sa voix craquant sous le poids de sa douleur.

— Je suis sûr qu'il savait, dit Adam en le serrant contre lui et le tenant contre son épaule.

— Oui.

Jonah cligna des yeux, en larmes. Il ne pleurerait probablement jamais assez pour oublier la douleur d'avoir perdu son père et de ne pas avoir été là lorsqu'il était décédé. Mais il était d'accord avec ça. La perte était quelque chose qu'Adam et lui partageaient. Une émotion qu'Adam comprenait. Alors que Jackie aurait pensé que c'était une faiblesse, Jonah savait que c'était le contraire.

Adam se recula un peu, puis embrassa les larmes qui avaient échappé au contrôle de Jonah.

— Cela ne sera pas facile, prévint ce dernier.

Au fond de lui, il craignait qu'Adam puisse encore s'enfuir lorsque la réalité de leur vie s'immiscerait et pourrait finir par s'imposer.

— La presse s'intéressera à notre relation, surtout lorsqu'ils sauront pour le divorce.

— Je sais.

Adam affichait la même expression déterminée que celle que Jonah avait vue lorsqu'il avait affronté Phil à Entech la semaine précédente.

— Je peux gérer ça si tu le peux, ajouta-t-il avant d'hésiter un instant. Nous faisons ça ensemble, n'est-ce pas ?

— Bien sûr, soupira Jonah. Jackie aurait adoré la publicité, tu sais.

— Et toi ?

— Je serais tout aussi heureux de m'en passer, dit Jonah en secouant la tête. Mais c'est ma vie. J'en ai assez de courir.

— Bien, répliqua Adam en l'embrassant à nouveau. Parce que je ne veux pas avoir à te courir après.

— Tu le ferais ? Me courir après, je veux dire ? demanda Jonah, ne plaisantant qu'à moitié.

— Oui, répondit-il sérieusement, son sourire s'estompant. Je le ferais.

Cette fois, ce fut Jonah qui instaura le baiser. Mais il ne se lâcha pas, prenant plutôt le temps d'explorer la bouche de son compagnon avec sa langue alors que ses doigts se réappropriaient son corps.

Ils tombèrent sur le lit.

— J'ai l'impression d'être un lycéen, dit Jonah en faisant passer le tee-shirt d'Adam par-dessus sa tête.

— Avec ma mère en bas, tu veux dire ? répondit Adam en riant. Sachant que c'est elle qui a tout organisé...

Il rit à nouveau et attira Jonah à lui.

—... je ne pense pas que nous aurons trop d'ennuis, conclut-il

— Je suis doué pour les ennuis, dit Jonah en souriant.

Il ôta sa chemise, puis il les fit rouler tous les deux sur le côté et détacha le pantalon d'Adam. Ils tirèrent en riant sur les vêtements de l'autre jusqu'à ce qu'ils soient tous les deux nus sur le lit.

— Beaucoup mieux, lança joyeusement Jonah en étirant ses bras au-dessus de sa tête. J'aurais dû chercher un centre de plongée dans un hôtel nudiste.

— Je n'aime pas partager, tu sais, répliqua son compagnon en se mettant à genoux avant de l'embrasser.

— Je m'en doutais. Mais j'ai bien l'intention de te garder pour moi.

— Bien.

Il déposa des baisers légers comme des plumes sur la poitrine de Jonah, s'arrêtant pour sucer chaque mamelon avant de s'emparer de son sexe déjà dur.

— Oh, merde.

Adam monta et descendit sur la hampe, suçant et léchant alors qu'il glissait ses mains sous Jonah pour pétrir ses fesses.

— Attention, le prévint Jonah. Je ne tiendrai pas si tu continues comme ça.

Adam rit, mais ne le relâcha pas. Jonah ferma les yeux et se laisser aller à la sensation de la chaleur de la bouche de son amant et à la délicieuse pression. Il était sur le fil du rasoir. Une minute de plus et il jouirait dans cette chaleur.

Adam le laissa glisser de sa bouche juste au moment où il pensait ne plus pouvoir se retenir, puis il remonta sur sa poitrine, laissant des baisers dans son sillage jusqu'à ce qu'il puisse réclamer les lèvres de Jonah une fois de plus.

— Tu ne joues pas franc jeu, gémit Jonah.

— Totalement, répondit Adam en suçant un instant l'oreille de son compagnon. Je veux que tu jouisses avec moi en toi.

— Complètement injuste.

— Retourne-toi, ordonna Adam en souriant.

Jonah lui obéit en riant, tortillant ses fesses pour faire bonne mesure.

— Jolies fesses.

— Merci, répondit-il en se tortillant à nouveau.

Cette fois, cependant, Adam en profita pleinement en faisant courir ses pouces sur la peau lisse de l'endroit.

— Je n'avais jamais réalisé que tu étais impatient, se moqua Adam.

— Je l'ai toujours été… merde, ça, c'est bon.

Puis Jonah sentit un doigt glisser sur son anneau.

— Encore mieux, ajouta-t-il.

Adam mordit son fessier, le faisant frissonner.

— Oui, comme ça, gémit Jonah.

— Reste là, dit Adam après une morsure taquine.

— Comme si j'allais bouger.

Adam revint de la salle de bains et remonta sur le lit pendant que Jonah attendait impatiemment. Un instant plus tard, Adam explorait le corps de son amant, l'ouvrait et le taquinait jusqu'à ce qu'il gémisse.

— S'il te plaît, supplia Jonah.

Adam rit et se pencha pour l'embrasser entre les deux omoplates, puis remonta dans son cou. Il soupira lorsque Jonah leva les hanches pour l'encourager. Adam déroula le préservatif sur son sexe et pressa doucement jusqu'à ce qu'il soit complètement à l'intérieur. Il se mit à bouger lentement, tendrement, embrassant le dos de Jonah à chaque mouvement.

Jonah frissonna.

— Adam, dit-il.

Il voulait cela depuis si longtemps : les lèvres d'Adam sur sa peau, la pression du corps d'Adam contre le sien, la sensation d'être quelque part, d'appartenir à quelqu'un.

— Je veux voir ton visage, dit Adam en glissant hors de Jonah.

Il se retourna et attira la bouche d'Adam sur la sienne. Il y avait quelque chose de merveilleux et d'effrayant à regarder dans les yeux d'Adam, sachant que l'expression vulnérable qu'il y voyait était le propre miroir de la sienne. Jonah se demanda vaguement s'il n'avait jamais ressenti cela avant parce qu'il ne s'était jamais laissé aller à le ressentir ou si son amant avait déverrouillé une part de lui qu'il avait soigneusement gardée fermée. C'était peut-être les deux.

— Si bon, chuchota-t-il contre la joue d'Adam.

Il sentait plus qu'il ne voyait le sourire de son compagnon et la pensée qu'il aimait cet homme plus qu'il ne pouvait imaginer aimer quelqu'un le fit frissonner de plaisir. Qui se souciait qu'ils ne se soient rencontrés que quelques semaines auparavant ? Pourquoi essayer d'expliquer quelque chose qui défiait la logique ?

Adam saisit le sexe de Jonah et le masturba en rythme avec les mouvements de leur corps. Jonah se força à garder les yeux ouverts. Il voulait voir le plaisir de son compagnon, savoir même sans entendre les mots qu'il était chéri. Aimé.

— Jouis avec moi, dit Adam, son corps tremblant, près de son apogée.

Jonah jouit violemment dans la main d'Adam alors que celui-ci se répandait en lui avec un grondement bas.

— Je t'aime, dit-il en serrant Adam contre lui.

— **SI** on m'avait dit il y a quelques mois que ma vie ressemblerait à ceci, j'aurais dit à la personne qu'elle était folle, dit Jonah alors qu'il tenait Adam dans ses bras.

— Comment te sens-tu ? demanda Adam en serrant son amant comme pour se rassurer qu'il était vraiment là.

— Ce serait probablement mieux si je disais que je me sens comme une nouvelle personne, dit Jonah, soupirant et riant à parts égales. C'est peut-être plus comme trouver une partie de moi-même dont j'ignorais l'existence. Remettre les pièces du puzzle en place.

— Ma vie n'est pas très excitante.

Jonah entendit l'inquiétude dans la voix d'Adam. Il la comprit, même s'il savait qu'il n'avait rien à craindre.

— Excitation et heureux ne vont pas nécessairement de pair, lui dit-il. En plus, j'ai eu autant d'excitation que j'en voulais. Confortable et ennuyeux semblent parfaits.

— Tu penses que tu pourrais envisager de travailler avec moi ? demanda Adam après une longue pause avant de continuer rapidement son explication. Ce n'est pas que je cherche à étendre Prestco pour qu'il ressemble à un monstre comme Entech, mais j'ai des idées que j'aimerais développer et j'aurais besoin de quelqu'un pour faire rebondir les choses.

— J'aimerais bien, dit Jonah en souriant.

Il n'avait pas vraiment réfléchi à travailler avec son compagnon, mais l'idée était séduisante. Au fond, il savait qu'il voulait faire plus que simplement s'assurer que Phil garde le cap avec Entech.

Adam leva les yeux vers lui et Jonah se pencha et l'embrassa.

— J'espérais que tu dirais ça. Une des choses qui m'a le plus manqué à part ça…

Il embrassa Jonah encore une fois avant de poursuivre.

—… c'était d'avoir quelqu'un à qui parler de mon travail.

— Que vas-tu faire pour Roger ? demanda Jonah.

— Bonne question, soupira-t-il. Une que j'ai évitée.

— Tu sais que tu dois le faire venir, l'investir dans Prestco.

— Oui. Il comprend que c'est plus qu'une simple entreprise. Que c'est important pour le reste d'entre nous, dit Adam. Mais ce n'est pas assez.

— Tu as besoin qu'il comprenne pourquoi c'est important.

— Je suis d'accord.

— Que dirais-tu d'un truc impliquant ses élèves ? Il enseigne les maths au lycée, n'est-ce pas ?

— Oui.

— Un stage, peut-être ? Les jeunes qui sont bons en mathématiques sont généralement bons avec les ordinateurs. On pourrait leur donner un cours accéléré sur le codage, leur donner une idée de programme et...

— Nous ?

— Oui, nous, acquiesça Jonah en riant. Sauf si tu n'aimes pas l'idée.

— C'est une super idée. C'est juste amusant de te faire marcher, admit Adam.

— Pourquoi ai-je l'impression d'être dans une situation où l'on me fait beaucoup marcher ? s'indigna Jonah.

— Tu ne supportes pas la pression ?

Jonah s'assit et regarda Adam de haut. Son amant sourit, les coins de ses yeux se plissant.

— Alors, monsieur Roth ?

— Roth ? Répéta Jonah, qui n'avait pas vraiment réfléchi à comment il s'appellerait.

— Dois-je t'appeler autrement ?

— Non. Jonah Roth, ça sonne bien.

Son père aurait apprécié aussi.

— Tu n'as pas répondu à ma question, souligna Adam. Peux-tu supporter la pression ?

— Bien sûr que je peux.

Il attrapa Adam et le redressa. Il passa ses doigts dans les cheveux d'Adam, réclama ses lèvres et le retint prisonnier alors qu'il se délectait du goût de sa bouche.

— Je pense que la question est, toi, le peux-tu ? ajouta-t-il.

— Je n'en suis pas sûr, répondit Adam en lui jetant un regard malicieux avant de le pousser sur le dos. Pourquoi ne le découvrons-nous pas ensemble ?

Chapitre Trente-cinq

Un an plus tard.

— **JONAH.**

Il sourit en entendant la voix de Lorene dans le récepteur.

— Tu me manques.

— Toi aussi, mon doux. J'attends toujours cette visite.

— Si tout se passe comme je le souhaite, tu me verras très bientôt.

Il avait quelques trucs à faire avant de concrétiser cette promesse.

— Alors, tu as décidé de vendre tes actions ?

— Tu savais que je le ferais depuis le début, n'est-ce pas ?

Il lui avait fallu presque un an pour réaliser qu'il ne voulait pas garder un pied dans le passé.

— Je te connais, Jonah, répondit-elle en riant. Le reste suit.

— Oui.

Il s'appuya contre le fauteuil de son bureau et regarda autour de lui. Au cours de l'année écoulée, il avait rangé la majorité de ses affaires. *Un bureau fantôme. Comme Jackie.*

— Et ton homme ?

— Adam va très bien. Le regarder avec son neveu me fait…

Non. Il était trop tôt pour cela.

— Il n'est jamais trop tôt.

— Comment fais-tu ça ? demanda-t-il en riant.

— Je te l'ai dit. Je te connais. Le reste suit.

Ce fut à son tour de rire.

Un rappel apparut sur son ordinateur et il soupira.

— Je dois y aller.

— Occupe-toi de tout. Finis de passer à autre chose.

Pour une fois, il n'avait pas peur de rencontrer Phil. Il avait passé la matinée à Los Angeles à signer les papiers du divorce dans les bureaux des avocats. Les documents étaient une imposture puisqu'ils n'avaient jamais vraiment été mariés, mais il se sentait bien de résoudre tout cela sans salir le nom de Phil. Il se sentait également bien au sujet de leur amitié renaissante.

— Tout ira bien pour toi.

— Tout va déjà bien pour moi, dit-il en souriant à nouveau. Tout va bien.

— **JE** n'arrive toujours pas à croire que tu renonces à ton poste de membre du conseil d'administration, déclara Phil alors qu'ils s'asseyaient dans la salle de conférence, une heure plus tard.

— Franchement, je n'étais pas sûr de *pouvoir* y renoncer. Mais tu as fait du bon travail avec Entech. Mieux que je l'aurais fait. Je suis sûr que tu continueras à aller dans la bonne direction.

Il surveillait Phil depuis un an. Il y avait eu des obstacles en cours de route ; on ne pouvait pas changer la culture d'entreprise du jour au lendemain et s'attendre à ce que les employés y adhèrent aussi rapidement. Mais cela changeait.

— Je… merci.

— Tu as l'air surpris, dit Jonah.

— Tout ce que tu as fait depuis que tu es revenu d'entre les morts me surprend, répliqua Phil.

Beaucoup de gens avaient ri à l'idée d'une Entech plus gentille et plus douce, mais la preuve que Jonah n'était pas aussi excentrique que certains pourraient le dépeindre était l'augmentation des bénéfices que l'entreprise avait connue à la fin de l'année.

— La vie serait ennuyeuse sans aucune surprise.

— Probablement, dit Phil avant d'hésiter. Es-tu heureux ?

— Oui.

— Je suis content. Tout se passe bien avec Adam ?

C'était la première fois depuis l'affaire Prestco que Phil mentionnait le nom d'Adam.

— Oui, répondit Jonah en riant. Je vais l'épouser. Il ne le sait pas encore, c'est tout. C'est en cours.

— Je ne te comprends vraiment pas, tu sais, avoua Phil en le fixant. Pourquoi partager quelque chose d'aussi personnel avec moi ?

— Nous parlions de tout, rétorqua Jonah. Je veux retrouver mon meilleur ami.

— Si seulement c'était aussi simple.

— Pourquoi cela doit-il être difficile ? demanda Jonah. Parce que nous avons merdé tous les deux ?

— Peut-être. Je ne suis pas aussi doué que toi pour laisser partir le passé, admit Phil. J'ai peut-être besoin d'un bon coup sur la tête.

— Tiens-moi au courant. Je serais ravi de t'aider.

— Tu es vraiment fou, dit Phil en riant, un rire sincère et authentique qui fit aussi rire Jonah.

— Probablement. Et tenace, ajouta Jonah en passant une main dans ses cheveux en souriant.

Les progrès étaient encore lents.

— Alors peut-être que tu nous rejoindras pour un séjour de plongée ? Les forêts d'algues près de Catalina vont t'époustoufler.

— Je vais y réfléchir.

— Bien, dit Jonah avec satisfaction. Mais je dois y aller. J'ai un rendez-vous.

— Oh. Quelque chose d'intéressant ?

— Nous gardons le neveu d'Adam pour la nuit.

— Tu n'es vraiment pas Jackie, n'est-ce pas ? dit Phil avec un petit rire.

— Je le suis et je ne le suis pas, répondit-il en haussant les épaules. Ça n'a plus vraiment d'importance.

Il se leva, se dirigea vers la porte, puis s'arrêta et se retourna.

— Oh, j'ai failli oublier la chose la plus importante que je devais te dire.

— C'est-à-dire ?

— Je vends la majorité de mes actions. Je te donne le contrôle total.

Entech se passerait bien de lui.

— Je... je ne sais pas quoi dire, répondit son ami, les yeux écarquillés, incrédule.

— Dis que tu continueras à faire du bon travail avec notre entreprise. Enfin, la tienne à présent, dit Jonah en ouvrant la porte. Et lorsque tu seras prêt, je t'attendrai.

Il lui fit un signe de la main et franchit la porte sans se retourner.

JONAH plongea dans une paire d'yeux bleu vif et admira la touffe de cheveux bruns. Il était retourné à Napa sous une pluie battante, mais il s'était surpris à sourire presque tout le long du chemin.

— Tu es sûr que c'est une bonne idée ? dit-il en prenant le bébé des bras d'Adam et le maintenant contre sa poitrine.

Son compagnon rit et mit une serviette sur l'épaule de Jonah juste à temps.

— C'est juste pour deux heures. Karen et Kenny n'ont pas eu de rendez-vous depuis la naissance de Carter. En plus, mon neveu est un ange.

— C'est la faute de ta mère qui a décidé de partir en croisière.

Les bébés le rendaient nerveux.

— Les anges ne régurgitent pas, ajouta-t-il en faisant une grimace alors qu'il essuyait la bouche et le menton du bébé.

Adam rit encore.

— Comment ça s'est passé avec Phil, aujourd'hui ? demanda-t-il ensuite.

— Mieux que prévu. Je l'ai invité à plonger avec nous.

— Crois-tu qu'il va te prendre au mot ?

— Un jour, dit Jonah en haussant les épaules. Ce n'est pas avec toi qu'il est mal à l'aise. Il n'y a jamais eu que de l'amitié entre nous. Mais me voir...

— Toi, en tant que Jonah ?

Adam le comprenait toujours si bien. C'est pour cela qu'il était tombé amoureux de lui. Adam le voyait pour ce qu'il était sous tous ces masques.

— C'est difficile pour lui, dit-il en tapotant Carter dans le dos en souriant. Ce qui est drôle, c'est que je pense que ma façon d'être aujourd'hui ressemble beaucoup à ce que j'étais avant que le succès ne change tout. Quand lui et moi sommes devenus amis.

— Le changement est difficile, accorda Adam.

— Le changement est aussi une bonne chose, dit Jonah en souriant à Carter. Il signifie que tu es vivant et qu'il y a encore des choses à découvrir.

— À QUOI penses-tu ?

La question d'Adam le ramena au présent.

Ils avaient mis Carter au lit et s'étaient assis dans le salon, s'occupant d'une pizza et buvant de la bière.

— À ce que je vais pouvoir faire ensuite, répondit-il en posant sa bière sur la table basse avant de poser sa tête sur l'épaule de son compagnon.

— Tu pourrais créer une autre entreprise, suggéra Adam.

— J'ai pris plaisir à intervenir en dilettante dans la tienne.

Mais il n'avait pas réfléchi à créer une nouvelle affaire. *Je vais l'épouser. Il ne le sait pas encore.*

— Mais je ne pensais pas aux affaires, conclut-il.

— Oh ?

— Non. Je pensais à nous.

— Ça a l'air sympa, dit Adam en l'embrassant sur la tête. Tu as repensé à la croisière de plongée dont je t'ai parlé ?

— Ça a l'air génial. Mais je pensais à plus long terme que nos prochaines vacances.

— Ah oui ?

Adam recommença à l'embrasser.

— Oui.

Jonah sourit et glissa un bras autour de la taille d'Adam, puis il s'assit et croisa son regard.

— Qu'avais-tu en tête ?

— Il y a un endroit à dix minutes d'ici qui est à vendre, expliqua Jonah. Un vignoble en activité avec une maison de bonne taille. La maison a besoin d'un peu de travail, mais la vigne va bien.

— Je vois, dit Adam en haussant les sourcils, un soupçon de sourire dansant sur ses lèvres.

— Ce n'est pas que je n'aime pas la cuisine de ta mère, poursuivit Jonah. Ou faire du baby-sitting. Mais ton ancienne chambre est un peu petite. Et vu que nous passons presque toutes nos nuits ici…

Adam l'embrassa sur les lèvres, cette fois-ci, et enroula ses deux bras autour de lui.

— Tu es dur en négociation, mais je pense que je peux dire marché conclu, chuchota-t-il une fois que leurs lèvres se furent séparées.

— C'est la meilleure affaire que je n'ai jamais négociée.

Il le pensait vraiment. Il était exactement où il voulait être.

— Mais je n'ai pas encore terminé.

— Devrais-je avoir peur ? plaisanta Adam.

— Peut-être.

— D'accord. Laisse-moi protéger mes reins

Jonah rit et le repoussa, s'allongeant ensuite sur le canapé.

— Je ne les ai même pas touchés

— Alors, qu'est-ce que tu allais dire d'autre ? demanda Adam après qu'ils se furent installés dans les bras l'un de l'autre, les jambes entrelacées, la tête d'Adam sur la poitrine de Jonah.

— Je veux que tu m'épouses.

— Tu… veux… ?

— Je veux que tu vives avec moi et que tu m'épouses, soupira Jonah.

— La meilleure offre que tu m'aies jamais faite dit Adam en riant, la résonance de sa voix envoyant de petites ondes de plaisir à travers le corps de Jonah.

— Ça veut dire que tu le feras ? Blague à part ?

— Oui. Blague à part.

Adam se redressa sur un coude, puis il regarda son compagnon.

— Je t'aime. Je crois que je suis tombé amoureux de toi le premier soir lorsque tu m'as montré ton endroit secret près de l'eau.

— M'épouserais-tu sur la plage où nous nous sommes rencontrés ?

— Pas de mariage sous-marin ? plaisanta Adam.

— Le sable me suffit.

— Le sable, alors.

— Merde, je suis un sacré chanceux, dit Jonah en attrapant Adam afin de le rapprocher de lui.

Adam gronda son approbation alors que Jonah glissait ses mains sous sa chemise et caressait la peau nue de son dos.

— Nous sommes deux, alors.

www.ingramcontent.com/pod-product-compliance
Lightning Source LLC
Chambersburg PA
CBHW031231260626
47169CB00007B/2244